质能转换器八号

夏邦 著

中国·广州

图书在版编目（CIP）数据

质能转换器八号 / 夏邦著 . — 广州：广东旅游出版社，2020.7
ISBN 978-7-5570-2298-3

Ⅰ.①质… Ⅱ.①夏… Ⅲ.①幻想小说－中国－当代 Ⅳ.① I247.5

中国版本图书馆 CIP 数据核字（2020）第 135810 号

质能转换器八号
ZHINENG ZHUANHUANQI BAHAO

广东旅游出版社出版发行
（广州市荔湾区沙面北街 71 号　邮编：510130）
印刷：北京晨旭印刷厂
（地址：北京市密云县西田各庄镇西田各庄村）
联系电话：020-87347732　邮编：510130
880 毫米 ×1230 毫米　　32 开　　7.25 印张　　139 千字
2020 年 10 月第 1 版第 1 次印刷
定价：39.80 元

[版权所有　侵权必究]

本书如有错页倒装等质量问题，请直接与印刷厂联系换书。

目 录

自序 / 001
楔子 / 007

一 / 011
二 / 015
三 / 018
四 / 022
五 / 025
六 / 029
七 / 032
八 / 036
九 / 040
十 / 044
十一 / 048
十二 / 051
十三 / 055
十四 / 059

十五 / 063
十六 / 066
十七 / 069
十八 / 072
十九 / 077
二十 / 081
二十一 / 087
二十二 / 092
二十三 / 098
二十四 / 104
二十五 / 109
二十六 / 113
二十七 / 118
二十八 / 124

二十九	/	127		四十	/	177
三十	/	132		四十一	/	182
三十一	/	137		四十二	/	186
三十二	/	142		四十三	/	192
三十三	/	147		四十四	/	197
三十四	/	152		四十五	/	202
三十五	/	158		四十六	/	208
三十六	/	161		四十七	/	212
三十七	/	165		四十八	/	216
三十八	/	169		四十九	/	220
三十九	/	173		尾声	/	225

自 序

曾经有朋友问我,为何没事干要写这样一个故事。其实很简单,就是因为生活中接触了许多来到上海工作的外地年轻人。他们怀揣着满腹的梦想,带着自己那唯一可以依靠的毕业文凭,许多人也没有什么家里的支持,就这样独自一人,来到这个繁华的东方大都市。他们以为依靠自己的勤劳,依靠自己的智商,再加上一点点的运气,就可以在这个被称作"魔都"的地方立足生根。

我经常看到这些脸上稚气未脱的年轻人在这座都市中为了各自的梦想而奔波流汗。特别是在拥挤的地铁人潮中,无论他们来自哪里,也不论他们毕业于哪一所院校,哪怕他们那光鲜的头衔在名片上闪耀,但是,早晚高峰那令人窒息而绝望的压力,还是让我注意到了这些艰辛奋斗的年轻人脸上那初入社会的不易表情。

年轻人来到了一座陌生的城市,一定是渴求被这座城市所接纳,在这座都市中就业结婚,生儿育女,甚至,还可以把家乡那日渐老去的父母亲接过来享享福。这些都应该是许多年轻人心里的一个梦想。

当然,这一切的前提就是,他们必须要在这座都市中拥有一间自己的房子。

　　北上广深，无论哪一个地方的年轻人，无论他们嘴上表现得是满不在乎，还是踌躇满志；可是每月固定的房租以及有时候难看的房东的脸，经常会让他们从日常一些小资生活方式中清醒过来。只有夜深人静，他们私下品尝着孤独时，这些年轻人才会发觉，白天那万丈的豪情，美妙的梦想，往往会败给一间房子。

　　或者说，也只有当他们思考这个问题的时候，他们才会猛地发觉，自己，只不过是这座都市的一个过客而已。

　　每每这个时候，这些年轻人的失落感让我们这些过来的中年人感到很是心痛。

　　因为，高房价带来的许多负面效应已经成为一个社会现象；许多本来有着无尽创意和才华的年轻人，却要把自己的生命投入那些冷酷无情的砖头水泥当中，这真是一件令人遗憾的事。

　　当然，就此问题也有一些积极的说法；最典型的就是说，如果一个年轻人开始考虑买房，那么，他将会成为一个负责任的人。这说得当然也没有错，毕竟，房屋是承载家庭生活的一个空间；而家庭，则是社会的细胞。只是，我不太愿意看到那些年轻人为了当好这个细胞，而背离了人性的根本。

　　"人，应该在大地上诗意地栖居"。这真的不应该只是一句为房产商做广告的说辞呀！

　　幸运的是，目前的一些政策，已经在慢慢扭转房价暴涨造成的那种消极现象；只是，对于有些人来说，那终身承担的沉重房贷和首付的债务，已经不是一些简单的政策所能挽回的了。因为，许多年轻人因为房子所带来的困扰，以及房子对他们人生的影响，已经深深刻在了他们的生命当中。

这是一种持久的伤害。

正是因为有了这样的一种观察，有了这样的一种理解，我便想借助一个故事，来说一下深陷房价压力的年轻人。

历史总是健忘的，时代也总是无情的。个体再大的苦难，随着时代的喧嚣，终将成为被遗忘的对象。而那些因此遭受伤害的个体，哪怕是他们自己，最后也会随着境遇的慢慢改变，甚至是因为感知力的愈益老化，而忘记自己曾经的痛苦与挣扎。

可能有些朋友会说，向前看，摆脱这些不愉快，生活毕竟还要继续。可是，我常常会这样想，一个人的经历，在别人眼中，可能只是一个故事而已；甚至，连故事也算不上，只是一些琐碎的、无关紧要的日常。但是，对于这些活生生的个人来讲，那些经历实际上就是他的生命，就是他的一切。

所以，我才会写下了这样的一个故事。

故事其实很简单，估计读者朋友们看过以后，对其中的一些境遇也会有种似曾相识的感觉，甚至，有些朋友还会在其中看到自己的影子。不过，作为一本科幻小说，我显然不是只想把这个故事变成是对高房价摧残年轻人的一个声讨。在这里，我更想表达的其实还是一种东方人的情感。

在这个故事里，有友情，有亲情，而一切最让人动心的，则一定是爱情了。年轻人的爱情有时是那样美好，那样激烈；但有时却又是那样悲伤，那样绝望。也正是在这些变幻莫测的爱情中，人类才能够不断延续自己的文明。所以，某种意义上，这个故事也算是对年轻人的爱情致敬。

毕竟，每一个人都曾经年轻过；我们人类的无数祖先，正是在这种神奇能量的驱动下，才创造了大量的璀璨文明。可以说，人类的一切文明成果，都离不开爱情的催化。所以，向书中人物的爱情，特别是悲惨的爱情致敬，是我写下这个故事的另外一个理由。

当然，作为一个科幻故事，如果没有对未知领域的想象，没有对神秘冒险的描述，没有对离奇科技的介绍，没有对地外文明的猜测，那就不能成为科幻类型的作品了。所幸，在这个故事中，也提到了一些奇怪的假设，也想象了一些莫名的场景，也做了一些有趣的推测，也提到了一些激烈的冲突。

所以，作为一个时代背景为当代的科幻故事，这个故事也不能免俗；当中也免不了有些神秘的组织，有些离奇的技术，有些异类的争斗，有些穿插的桥段。但是，最不能免俗的，依然还是我对善恶的一些看法。

在眼下这个时代，虽然"善恶"这个主题在讲故事时会因情节而着墨，但是，我还是在这个故事中惩恶扬善，或者说，把宣扬人类自古以来的美好的东西，当作私货塞了进去。毕竟，作品还是和作者有关。在一些读者可能注意不到的地方，我也心存私念地把一些价值观写了进去。

一个故事，能够给人茶余饭后、旅途当中消遣解闷，也就达到了讲故事人的目的；如果读者朋友们还能借着故事去张开各自想象的翅膀，去回味一下，琢磨一下，那对作者来讲，就更是难得的奖励了。

最后，要感谢许多朋友的支持，特别要在此感谢我的朋友王利群先生，没有他的热心鼓励与积极帮助，这个故事也无法这样呈现在大家的面前。当然还有其他朋友也对我这本书作了许多贡献，在此就不一一列名了；但是，他们的勤勉，他们的付出我都将铭记在心。

通过一些有趣的情节，传播一些美好的东西，这大概就是我写下这个故事的根本原因吧。

是为自序。

夏邦

楔　子

夜幕低垂。

上海，这座东方大都市正值华灯初上。从半空中俯视下去，会看到灯火通明的道路纵横交错，如一张黄金编织的网络，细碎中透出的色彩散发出诱人的味道。无数年轻人在这座大都市里编织着各自的梦幻，同时又卷入别人的梦想。最终，这些梦境都被那张如黄金般的灯火编织的网络一网打尽。

这座东方大都市还有一个充满诱惑的别名——魔都。

在这都市慢慢进入梦乡之际，有一对年轻的男女正在都市边缘的一间出租屋的大床上想象着他们的未来。

年轻人的未来？在他们自己眼中都是美好的，他们认为自己有无限的可能。追求美好，既是他们对生活的祝福，也是他们对未来的期望。

时间是个难以名状的幽灵，稍不留神就会从你身边溜走，空留你一身的不安；时间步履匆匆，年轻人拼尽全力与它赛跑，却没有任何一个成功者能够最终胜出。生命恰似那些争奇斗艳的花朵，在绚烂绽放以后就瞬间凋零，只剩下一些记忆的碎片浪迹在宇宙的深处。

死亡其实并不可怕，炽烈燃烧的恒星也终将慢慢熄灭；但是无论如何，在它们灰飞烟灭的时候，也绝不会为这种自然的生灭而懊丧；毕竟，生命里有绚烂的时刻，哪怕只是一刹那，也有了永恒的意义。

这对躺在出租屋大床上，怀揣梦想的年轻男女，他们当然无法预料自己在未来将会经历什么样的磨难。当他们回首往事，也未必真正明白命运的造化；但至少他们将领悟到，自己曾经憧憬过的那种幸福生活究竟有怎样美好的意义。

光阴荏苒，约半个世纪以后，在上海郊区的一间绿树环绕的房子里，一位满头白发的老太太慢慢地从坐着的靠椅上站了起来，缓步走入门外的小花园。老人的气质高雅，眼神里不时流露出一丝平和；岁月虽然让她青春不再，但慈祥早就顺着眼角的纹路充满了她的脸庞。

老人的身材与年轻时几无二致，腰身依然可以看出当年的柔软。与几十年前一样，她依然很喜欢花花草草，实际上她小时候的梦想就是拥有一个自己的花园，做一名园艺师。如今，她总算实现了这个梦想，小花园里的这些花草就是她的杰作。

初夏的清晨天高云淡，风轻如丝，空气里弥漫着樟树特有的香味；如果仔细看，南部的天际还挂着一弯淡淡的白色月牙，还散发着点点光晕。

白天的月亮，多么浪漫的景象！那是无数诗人赞叹过的月亮，是无数诗篇的灵感来源；但这些在科学家看来，却似乎有那么一点矫情。确实，如果人们有了一对巨大的翅膀，插上它们向着月亮的方向飞去，最终看到的可能会令他们大失所望。

这其实是一个死寂的星球，松散的尘埃化作无边的阴影，延伸到起伏不定的远方。对于人类来说，月球没有一丝生命的迹象。

　　"没有生命就没有创造，没有创造就没有欢乐，没有欢乐就没有痛苦，没有痛苦就没有生命。"这是银河系中一个古老的文明流传下来的诗句；即使是在荒芜的月球上，这段诗句也曾鼓舞着思念家园的人们。

　　眼下，如果站在月球上朝地球的方向望去，闪耀在黑色天幕背景下的那颗地球其实也像是一弯月亮，而且是一弯湛蓝色的月亮！

　　晴朗的天空把小花园里的月季衬托得格外娇艳；白发苍苍的老人盯着眼前如螺旋般的层层花瓣，呈渐变色的亮丽粉彩让老人的眼神慢慢显得飘忽起来。最终，她沉浸到了自己的记忆深处……

一

给我一个吻

可以不可以

吻在我的脸上

留个爱标记

楼下的麻将室里循环播放了一晚上的《给我一个吻》。伴随着隐约传出的麻将洗牌声,这段怀旧音乐无端地显得有些烟火的韵味。楼上的年轻女子却一点也没有心思怀旧,她看着自己身边的爱人一脸满足地躺在那里,本来并不想打破这个温柔的寂静时刻,可一看到眼前晃动着的那条邋遢的大裤衩,她又逐渐下了决心。一番辗转反侧后,她终于决定和自己的男人讨论一下关于未来的问题。

"家明,我们换一个房子租吧。"春玲在家明的耳朵边嘀咕了一下。

家明还沉浸在奋战后的恍惚中,晕乎乎的快感还没有完全消退。听到春玲这句话,顿时有些扫兴。

"什么呀！"家明轻轻地哼了一句，把脊背靠向墙壁，有些不耐烦，"这里有哪一点不好呢！地铁又近，菜市场几步路就走到了，小区门口还有你最喜欢的湘菜馆；吵虽然是吵了一点，可这两年我们住在这里不还是挺方便的吗，离咱们俩上班的地方都不算太远呢。"

"吵死了！吵死了！"春玲不高兴的口气现在表现得很是明显，"隔壁的那个人好讨厌呀！总是要把门打开，整天想要偷窥我们的隐私；夏天了，竟然还穿个大裤衩打个赤膊，在门口探头探脑的；年纪那么一大把了还色眯眯的样子，真是很恶心！我总是觉得住在这里离市中心太远了，去趟淮海路就像乡下人进城一样。"

"你别发神经病了，夏天总不至于还穿棉裤吧！我的好老婆，咱们俩还要奋斗买自己的房子呐！你先委屈一下，很快我们就可以买到属于我们自己的房子了！现在忍一忍，我们就不要再折腾换什么地方了。况且，换来换去反正都还不是租？到时候咱们就买自己的房子，买个大别墅，在上海的市中心！然后我们就结婚！"

家明这样说着说着，自己就乐了起来，黑暗中只听见他发出"嘿嘿"的笑声。

"呸！你自己都不相信了吧！"春玲把家明的身体扳了过来；在黑暗里，家明可以看到她那细长的眼睛里闪烁着晶亮的光芒。"就我们那点工资，还买别墅呢！还上海市中心的！你的算术是体育老师教的啊？咱们攒点劲，到时候买个二手房好好装修一下，那才是靠谱的！要不是咱们什么也没有，上次孩子我就留下了，当个年轻的妈妈也不错呀！"说到这，春玲忍不住轻轻地叹了一口气。

"你那时不是说现在还不是时候，还说什么自己怕疼吗？"家明在黑暗里嘟囔着说道；他发觉春玲没有反应，便接着有些心虚地说道，"孩子又不是我不要的；况且，当时你还说，咱们两个的事情还没有经过你老爸同意呢！"

"你这个坏人！"春玲拨弄了一下自己的头发，猛地背过身去，装作生气地继续道，"不和你聊了！快睡觉了！明天我可还要赚钱养老公呀！"

"好！"家明这会儿又来劲了，他用力把春玲抱了过来，一边吃吃暗笑一边说："那我现在也得好好地养养老婆呀！"

"你干什么？真讨厌！"黑暗里传来了春玲的笑骂声和大木床的晃动声。

上海的夜晚，初夏的街道上寂静而祥和，清凉的空气中时而飘过阵阵樟树的香味。夜已深，五月的风吹拂过这座东方大都市，无数年轻男女各怀心事，而后纷纷进入各自的梦乡。

年轻人的睡眠是深沉的，与老年人不一样，他们维持白天的旺盛精力需要这种深度的睡眠。

在初夏的夜阑中，年轻的家明和春玲也沉沉睡去了。这虽然只是一间简陋的出租屋，但当家明和春玲沉睡在甜美的酣眠中时，却可以看到他们的嘴角都洋溢着幸福的微笑；他们可能梦见了一座大房子，也可能梦见了一个大花园。等待他们的又会是一个什么样的明天呢？

二

"何家明，你怎么搞的？这些实验数据又填错了；我就想不通，你这个研究所的高才生，我花大价钱请来的技术总监，居然连这个数据建模的基本档案都弄不好，你真的太大意了！再这样下去，你干脆就别干了！"董事长陈雄皱着他那粗黑的眉头，捉着烟斗指着家明大声数落着。一口台湾腔的斥责声在小小的办公室里不时回荡，震得鱼缸里的几条金鱼似乎也不安起来。

陈雄的公司是一家台资高科技公司，专门负责研发与生产3D打印机。最近3D打印技术又有了新的突破，新闻里到处都是关于3D打印技术的新闻；家明带领的团队就是专门为3D打印的原型机进行数字建模，以期更好地将这个技术运用于一些有高利润空间的领域。

陈雄毕业于台湾大学，在美国留学过一段时间，来大陆后的生意做得一直还算不错；如果不是因为曾经沉迷赌博，估计他的企业早就能上市了。但陈雄本质上还是一个精明的生意人，3D打印技术的资讯他早就注意到了。早在几年前他就新开了一家科技公司，专门从美国朋友那里弄了一些设备和原材料进行新技术的研究和开发。家明从原来的研究所辞职以后的两年就在他的手下担任技术总监，主要负责带领数据研发团队。虽然陈雄并不算十分慷慨，但他提供的薪水也还是让毕业才五年的家明感到相当满意了，至少比他那些还在大学或研究所里的师兄弟们强了许多。老同学们偶尔聚会，家明都会抢着买单。因为在那些穷哥们看来，他已经算是一个事业有成的后起之秀了。

家明如今的愿望，就是能够尽快凭借自己的力量在这个房价日渐攀高的魔都里攒够一套房屋的首付。每当看到街边那如同雨后春笋般冒出来的房屋中介门店，家明的内心就会产生一种慌乱的感觉。恰如他所预料的一样，上海的房价如今就像家乡那雨后的春笋，每天都在不断地节节拔高；而且和春笋最大的不同在于，家乡的春笋总归会长成一根高度确定的竹子，可是魔都的房价却似乎永远看不到它的顶梢。最近，陈雄刚从美国花大价钱进口了一套3D打印的全新设备，他希望家明率领的团队能够在这个原型机的基础上进行升级改造，从而使改造成功后的设备能够帮助自己在未来的市场上占领先机。

此刻，家明望着陈雄椅子后面那面墙上"创新求实"四个大字，连连点头："请放心陈董！请放心陈董！我一定会亲自来把关这些数据的。我这就去把实验得到的数据全部比对一遍，然后再和工厂那边联系协调，把第一手的数据更新进资料库里去。"

家明原本对这种点头哈腰式的作风很不适应，甚至心里有些反感，总觉得有些像电视上日本人的那种做派，但见多了陈雄的那些来自台湾的合作伙伴，对此也就慢慢习惯了。在人家这里做事，说得好听点是什么经理、总监，其实还不都是打工？所以现在的家明，对陈雄的那种腔调倒也能够坦然面对。

陈雄的脸上终于有了一丝温和，用肥厚的手指松了一下腰带，向椅子后用力地挺了一挺，拿起手上的烟斗顶着自己的下巴说："家明呀，你真的得卖些力！你也是老员工了，我们的这个项目再调试一下，把数据弄完善，就可以融到更多的资金。昨天新加坡的戚总还给我来电话，说只要我们的这个数据没有问题，工厂能够把样品做好，他们那边就可以立刻给我们投资一个亿！一个亿啊！家明，钱到手了，你也会有丰厚报酬的，我老陈都会记住你们的好，一定会兑现你们的股份！"

"谢谢陈董！谢谢陈董！"家明一下满脸堆笑，把桌子上的打火机拿了起来，凑近陈雄嘴边的烟斗点着："请陈董放心，我一定会亲自把你交代的这些事情落实的！"

房间里散发出一股浓厚的烟草的香味。雾气缭绕中，陈雄感到了一丝满足，呵呵笑着冲家明说："家明，你先去忙吧。"随即又深深吸了一口烟斗，把眼睛慢慢合上。

家明一番点头哈腰，便快步退出了这间狭小的办公室，向着办公楼边上的厂区实验室快步走去。

三

初夏的太阳已经开始有点儿晒人了,路边法国梧桐的叶子像吹气球一般飞速变大。街道上的行人手捧着甜品,穿上了短袖。因为病房的中央空调出了点问题,病人和家属互相抱怨起来,远近的吵闹声此起彼伏。春玲的那件白大褂不一会儿就汗湿了。

除了配合每天的大夫例行查房,作为护士长的季春玲要在内科病房的两层楼面间来回巡视检查。刚来的小护士往往经验不足,前几天竟然有人差点把病人的输液瓶弄错,幸亏春玲及时发现,否则后果不堪设想。

虽然现在春玲可以不怎么上夜班了,但是她在病房里的工作还是非常辛苦,除了进行日常的事务性安排和病人的护理,她还得经常应付病人家属的各种吵闹。

"我一个护士,能够有什么办法呀!?"春玲常常忍不住心生怨念,但生性热心的她还是会努力地安抚这个,宽慰那个,尽量去弥补各种疏忽所造成的不快。相较之下,同事陈丽就比她轻松多了,每天就给人吊个水打个针,能偷懒就偷懒,过着得过且过的日子。上次开会已经再三强调,护士工作时绝不能涂指甲油,陈丽却总是偷偷地涂上两三个手指头。要不是一个病人向春玲提起,说什么陈护士的手指甲真漂亮,她还不知道自己的下属居然会做出这样违规的事呢!

"唉,终归还是嫁个有钱的老公好呀!"看到陈丽对本职工作那满不在乎的样子,春玲有时候心里也会羡慕一下。

陈丽的男朋友是某大型金融公司的中层,时常开一辆保时捷来医院门口接她。每当陈丽因为自己的各种差错遇到领导批评时,她总会在事后一脸不屑地和春玲说:"其实我大可以想不干就不干的,在这里受苦,还不是因为我不想被人说只会依靠男人!"

"哼,就你这工作态度还好意思这样讲!"春玲嘴上不说,其实心里是这样想的,"要不是有这样有钱的男朋友,你陈丽还敢上班的时候只顾刷微信、梳头发?"

嫌弃归嫌弃,四年的同事关系还是让春玲和陈丽保持着不错的私交。闲暇的时候,她们两个人会一起约着去附近逛逛街、泡泡酒吧;两个人相互之间也会分享一些男人不知道的小秘密。如果陈丽以后真的从住院部离开的话,春玲心里倒还真会有一丝不舍的。说起来,春玲与陈丽既是老乡也是校友,只是因为陈丽一直有点不务正业,工作态度吊儿郎当,所以她至今还只是一名普通的护士;而春玲则因为工作积极,在被区团委借调了一段时间后再回到住院部,便顺理成章成为内科的护士长。春玲是一个工作上卖力的女孩子,从小到大,她不自觉给自己压力,逼迫自己把手头上的事情做得又快又好,最近还利用闲暇时间学起了外语。看到春玲不断地折腾自己,陈丽总是笑话她:"干吗呢?打算做共产主义接班人是吧!女人弄那么辛苦,还不如把自己好好保养一下!"边说还从自己包里摸出一份化妆品,或者一份试用装,大方地递给春玲。

作为独生女的春玲从小就被当成男孩子抚养,因而个性算是干脆利落。作为一个有主见的漂亮女孩,春玲从读书时就不乏大批追求者。

这天,春玲正在办公室里忙着填写住院病人的档案,突然响起一阵敲门声,随后便看到陈丽推开门摇摇晃晃扭了进来。她照例对病人和家属发了一通牢骚后,略带戏谑地说:"春玲呀!你真的还是改名字叫明明吧!"

"这什么话呀?"忙碌中的春玲抬起头冲着陈丽瞪了一眼。

"明明可以靠脸吃饭,却非要折腾自己!"陈丽说完后仰面大笑起来。春玲本想生气,自己却忍不住也笑了起来,充满可怜地对陈丽说:"我这也是没有办法呢!不像某些人天生丽质,还嫁了个有钱的老公,可以随便折腾。我呢,就只能自己折腾自己了。"

"你也可以折腾你的老公呀!"陈丽懒洋洋地瘫到椅子上,一边摆弄手机一边说,"你家那个大经理应该是去好好压榨压榨的。"看到春玲没吭声,她眨巴眨巴眼睛又坏坏地说:"男人就是要靠压,越压才会越听话。"

"呸!"春玲抬起头冲着陈丽做了个鬼脸,"你快去干活吧！美丽人生还是要靠自己，男人都是靠不住的！"

初夏时节，这间不大的护士办公室里洒满了阳光，清新的空气中回荡起了年轻的她们有些疯傻的笑声。

四

家明很快就回到了自己的那间3D打印实验室。实验室就在厂房靠里的一侧，面积不算太大，里面堆放了一些物料，还有连接在处理器上的几个实验用的3D打印设备模型。

陈雄从美国进口的那台原型机也占据了相当一部分空间，除此之外，就是几张实验用的台子以及办公桌和几把椅子了。

整个实验室布置得相当简洁。

家明在这里的日常活动就是把实验数据通过处理器上传到局域网，再由数据分析团队把相关数据和数据库里的既有资料进行比对，反馈信息后再按照需求设置各类实验参数。

家明最近的工作内容就是通过比对3D打印机和输入材料的契合度，实现原型机在技术和材料上的更新与升级。

陈雄的这个项目瞄准的市场是未来住宅建设领域，包括建筑材料的打印和整体构件的打印。

对于这个项目陈雄充满了信心，经常对家明说："我们的目标，就是把中国的房子用打印机打印出来，实现环保和成本的双重利好！"

陈雄还大言不惭："中国的建筑业目前还是太落后啦。人家日本人早就用一体化的吹塑技术了，十几分钟就能搞定，又美观又防水，他们的建筑现在基本上都是用预制件安装的，一下子就能组装出一栋大楼，又轻松又环保！不像我们，建个卫生间还得弄半天！"

陈雄对外国技术的吹嘘让家明心里有些反感，但是他得承认这些技术优势是客观存在的。

现在，家明就要开始调试眼前这台进口的3D打印原型机了。首先，他要依靠一个被证明有效的数据模型，从处理器的数据库里把原始材料和接下去的输出数据进行比对，寻找设备与材料之间的关联度，总结出一套可控的工艺流程。目前，家明团队的主要成员是郑强、李琴和于兵三个人，分别负责技术、数据跟踪和对比。

郑强年纪稍长一些，孩子都上幼儿园了，办事比较踏实。李琴是个上海本地女孩，做起事来倒也还算是心细。主要问题是于兵，他虽然是名校毕业生，心思却完全没有用在工作上。这次陈雄说的数据问题就和于兵的疏忽有关。

这台美国进口的3D打印原型机体积庞大，从外部看就像春玲医院那台CT扫描仪的放大版。打印机的运行过程，是输入粉末状或块状的物料，输出成形的结构和构件。这一过程的转换需要主机的程序指令完全正确，因而设备运行中各种相关数据的对比就显得非常关键。

前两天，家明做实验时本来希望传送舱里输出的是陶瓷马桶的构件形态，万万没想到，最后输出的竟然是一个致密的陶瓷疙瘩。排查数据时才发现,是于兵在进行参数变量对比的时候少加了一个零,也难怪今天中午陈雄火气很大的样子。

家明盯着原型机上纠缠的线圈心想:"如果下次新加坡的投资人来现场参观,要是再出现这样的纰漏,那还不坏了大事!"他一边将杂乱的线圈整理到位,一边皱着眉头自言自语。"目前这样子,我应该先把各类实验的数据再做一次检查比对,对分子量的测量和条件变量也得复核检查。于兵这家伙是不能指望了,还是得我自己来把关才稳妥。"

郑强、李琴还有于兵今天都去客户那里讨论打印机配电设备的结构优化问题,估计他们要晚些时候才能回来。"该死的于兵,一定是光顾着和李琴打情骂俏,结果把数据给弄错了。等他们回来的时候我一定要骂他一顿!"看着眼前有些杂乱的办公桌,家明心里暗想。他正要坐下来整理下桌上的文件,转念又一想,既然手下的兵现在都不在,自己干脆也不要闲着了,可以先校对一下原始数据。

家明是一个对工作极其认真负责的人,就如同对待春玲一样。发年终奖金的时候,他就冲着春玲美美地说过:"就凭咱们俩,怎么着也能过上完美的生活呀!"

可是,究竟什么样的生活才算是完美的生活呢?

五

家明戴上安全帽,小心翼翼地穿上防护服,把实验室温度调整到适合原型机运行的环境。在一系列检查以后,他启动了原型机的操作系统,并更新了主机内的软件。随着设备指示灯全部显示为绿色,试料程序很快就可以开始运行了。

一阵轻轻的蜂鸣声响起,实验室的灯光逐渐暗了下去,原型机的操作台面发出了轻微的震动。装载物料的操作舱内发出了一道道不断变换亮度的光线,主机处理器开始工作。平台上一系列机械传动的操作完成后,在成型舱的传送端口缓缓出现了先前输入的模型实体。

映入眼帘的是一些长短不一的胶状纤维,家明通过透明视窗可以看到,这些材料正在迅速固化成型,和电脑屏幕上显示的不太一样,最终出品的实体颜色都泛着单调的黄色,似乎并没有像设计图上显示得那样色彩丰富。看到这种情形,家明心想:"可能是颜色程序的板块与计算数据还有一点点差异吧。"

在对3D打印原型机进行实验时,家明在初始数据上做了一些改进,只需用原材料的十分之一就可以进行实体建模,并测试出最终制成品的各种物理化学参数。这一方法是家明的一项个人技术专利，仅此一项，家明就帮助陈雄省下了好几十万的费用。

陈雄虽然没有按照开始讲好的那样给家明5%的股份，但经过讨价还价，最终他们还是以3%的股权成交了。虽然有了这样的财富预期，但目前这个行业的竞争愈益激烈，各方的投资都还很难以保证，虽然市场前景确实看好，但是能否弄到真金白银还是一个未知数。可那又能怎样呢？在没有更好的办法之前，家明也只能在陈雄的这家公司里待着，毕竟他和春玲还要在上海买房子呀！眼看着魔都的房价像坐火箭一般噌噌往上窜，家明不得不继续在这里出卖着自己的青春与才华，以期早日攒够钱。

家明常常想到自己在研究所干了大半辈子的导师张教授，他学识再丰富，现在还不是一家五口人挤在破旧的两室一厅的老公房里吗？在如今这个人心浮躁的社会里，所谓的智力与创意在汹涌的资本大潮面前并不值钱。

想到这里，家明的心情立刻变得低落起来。转头看看刚才的实验结果，实物本身在色彩上依然没有顺利地还原电脑里的色彩模块，这种现象以前也经常发生。原因究竟是什么呢？

家明有些失望，拿起一根电笔和测压仪，踱进料斗所在的启动舱，想检测一下这种现象的出现是否是因为启动舱里出现电子元件的故障。踏进舱内时他才意识到，自己刚刚居然忘了停下这台3D打印机的主成型程序。随着舱门从里面缓缓合上，家明被关在了启动舱内。

家明有些心慌。他冲外面张望，只见弯曲的玻璃罩让办公室的墙壁看起来变了形，再看了看自己面前的那个料斗平台，上面的物料此时还在飘着淡淡的雾气。家明定了定神，把头上戴着的安全帽脱下来，放在身后的地面上。空调排出的冷空气从舱门的顶端循环，启动舱里面并非真空环境。

家明心想："真该死！这下子只能等他们回来以后，才能发现我被关在里面了！我怎么这么不小心啊！这些美国佬也真是的，这台机器也太原始了点，竟然连内部启舱装置都没有，还说是最先进的技术呢！"

家明无奈地叹了一口气，心想："也不知是什么神差鬼使，刚才进来的时候我居然还随手把舱门关了起来！"其实，家明也明白，启动舱只有在需要设备养护维修的时候，才能由工程人员进入，而且前提还是要把工作的电源先行切断。

"幸亏这里面不是真空的，否则非把人给闷死不可！"家明环视了一圈，"反正一时半会也出不去，倒不如先在这里面检测一下究竟是什么元器件出了问题，刚才出来的模型还是不符合色彩模块的标准。"想到这里，他打开了启动舱内壁上的盖子，看看是否有办法从里面开启舱门。随着表面盖板被卸下，家明看到这台进口的原型机的真实面目：虽然是一个高科技设备，内部构造却也算比较简单，大部分是通过电路集成的一些精密模块。

"这个模块有点儿奇怪，怎么好像是另外安装上去的？"

内壁上固定着的一个黑色的金属盒子引起了家明的注意，他不禁皱起了眉头。家明进入这一领域快十年了，对于各个模块组件之间的关系可以说是了然于胸，但眼前的这个似乎是外挂的黑色模块却让他感到有些蹊跷。

"这东西放在这里好像并没有什么用呀？"家明暗自疑惑道。他又仔细检查了一下这个黑色盒子与周围模块的连接路径，这才发现，这个东西不仅与其他模块没有任何连接，也没有和主机接在一起。

"咦？这玩意儿究竟是什么东西？它和这台3D打印原型机并没有什么关系呀！美国人在搞些什么鬼呢？"家明开始变得疑虑重重。

家明的好奇心驱使他探究眼前这个神秘的黑色盒子。就在他蹲下身去把电笔与测压仪接上这个黑色模块的驳口，想看看有什么不一样的反应时，只见一道炫目的光线忽然从模块的缝隙中闪过，家明在瞬间被一股强大的磁场包裹住，顿时感到一阵眩晕，随即便沿着舱壁慢慢地瘫软了下去。

六

家明似乎从眩晕中一点点清醒了过来。"咦？我这是在哪里啊？这可不太像原型机的那个启动舱呀？"家明暗自揣度，"面前这个扎眼的黄色半球是个什么东西？"家明绕着一个半球状的装置转了一圈，"大阳科技"几个巨大的汉字出现在了自己的面前。

家明一屁股坐到地上，难以置信地抬头看了看这个印有陈雄公司logo的巨大黄色安全帽，眼前的这一切简直就像做梦一般。他又变得昏沉了起来。"不可能！"启动舱内响起了家明充满惊慌的喊叫，"这不可能！"家明歇斯底里的喊叫声在眼下这个空旷的空间里显得非常微弱。"不！"家明还在大声呼喊，"谁来救救我！"可是，四周围除了他自己的回声，没有任何人来应答他。

家明不知喊了多久。他的嗓子几乎喊哑了，意识到求救是徒劳的之后，他反而冷静了下来。环顾了一下自己的四周，此刻的一切都是那样的熟悉，却又是那样的陌生。刚刚戴在头上的安全帽现在居然有半个房间那么大，放物料的运行平台此刻如同一幢巨大的高楼突兀地凌驾在他的头顶上，像是随时要坍塌下来压死他。

家明现在要说服自己接受这样的一个现实：因为一场奇异的事故，他整个人都变小了，只有以前的约十分之一的大小。

"这个奇怪的世界呀！刚才究竟发生了什么，怎么会有这样的一件怪事发生在我的身上！"家明倒在地上喃喃自语。突然，他发现除了自己变小了以外，连同自己身上的所有东西，包括手表、衣服和鞋子，全部都在那道光线闪烁的一瞬间被缩小了。

"我现在该怎么办呢？"家明低下了头，面对这爱丽丝漫游奇境般的遭遇，他陷入了深深的思考当中。

家明深深吸了几口气，定了定神，开始检查自己的身体状态：除了身体的整个尺寸发生了显著的改变，他并没有感到什么明显的不适应，身体机能还是一如往常，人走动起来似乎还变得更加灵活了。家明又努力地跳了跳，有些失望地发现自己似乎并没有因为体型的缩小而变得更轻盈。虽然不指望像故事书中说的那样身轻如燕，可以在空气中自由跳跃甚至飞行，但是能蹦更高一点也好啊。

"我的身体整体变小了，外表看起来就是体积缩小了，构成我身体的所有东西的质量理论上也就发生了变化，如果是这样的话，我丢失的那部分质量又去哪了呢？"家明不禁思考起这个问题来，好奇心让他暂时忘记了自己所处的困境。

经过一系列假设与推理，家明得出了一个结论：构成自己和身上衣物的所有物质的原子出现的变化，应该是在空间上出现了一种奇怪的压缩。因为整个原子的体积发生了压缩，所以一定是原子相互之间的结构发生了挤压，这就直接导致了缩小的状态。至于自己构成身体物质的质量减少，则可能是转化成为其他形式的能量衰减了。

家明很快习惯了身体的这种状态，他在巨大的启动舱内一边踱步一边思考。这一切都源于刚才的那一束强光。那个可疑的黑色的金属盒子并没有和3D打印机的主机平台连在一起，那这玩意儿怎么会在这里？它的电源又是在哪里？它会产生什么样的效应？一连串的问号在家明的心底泛起了阵阵涟漪，他忍不住抬起头来，再次打量起附着在舱壁后面的那个神秘的黑色金属盒子。

那是一个约莫办公桌抽屉般大小的装置，此刻在家明的眼里，它已经有一个集装箱那么大。只有几颗固定的螺帽在四个边角上固定，表面上似乎还有几个不起眼的接口，其中一个接口的里面还有些黑乎乎的凸起，似乎就是刚才那道奇怪的炫目光线发射出来的地方。

"这究竟是个什么玩意？它到底是用来干什么的？怎么会在这里出现呢？"就在家明闹哄哄地思考着这些问题的时候，他忽然听见了一阵纷乱的脚步声和钥匙转动实验室大门的声音。

七

"老板估计今天又把何总叫过去骂了一顿。"门边传来了李琴的声音。

"怎么会？"这是于兵的声音。"我是听刘秘书说的，她说何总从老板那里出来的时候脸色很不好看。"

"估计是我们的数据出了什么问题。"郑强的声音里透出一丝担心。

"糟糕！让他们发现我这个样子就糟了！"家明一下子变得紧张起来。他环视了一圈偌大的启动舱，想要找到可以藏身的地方。

"看来何总已经到过实验室了。"郑强似乎已经把室内都看了一遍，"何总真是很辛苦，他肯定又自己核对这些资料了。"

"何总人呢？"于兵的话听起来有些心虚。

"看来何总人并没有跑开多远，他的手机还在办公桌上呢！"李琴指了指办公桌，"何总会不会人在启动舱里，我看墙上的安全帽没有了。"话音刚落，家明便听见一阵脚步声向启动舱方向传了过来。

"这可怎么办！"家明的额头上渗出了汗水，"要是让他们看到我这样该怎么办？"此时，家明的内心感到万分焦急。

"何总不会把自己关到舱里去了吧？"于兵还在暗自思索时，启动舱舱门突然"哗"的一下被拉开了。他们往里面望去，看到家明正满头大汗地坐在地板上，只见他抬起头来，一脸迷茫地看着面前这三张略显诧异的脸。

"何总！你怎么了？"李琴赶紧凑上前去摸了摸家明的额头，"你怎么会在这里，是哪里不舒服吗？"

看着家明一直喘气说不出一句话来，郑强赶紧招呼于兵把他从地板上扶了起来，帮他坐到椅子上；李琴端起一杯水，递到家明的手上，有些担心地问他："何总，你是怎么了？先赶紧喝上一口热水。"

"这究竟是怎么一回事呢？"家明内心里对此刻自己的状况感到异常困惑。就在启动舱门被打开的那一瞬间，他忽然觉得心里有种虚脱似的空荡荡的感觉，随后就看到郑强他们三个人在自己面前手忙脚乱的样子。家明努力让自己的心情平静下来。

"何总，你是不是哪儿不舒服呀？"李琴关切地问道，"不会是中暑了吧？你怎么会把自己关在这个启动舱里面？"

"哦，没什么。"家明费力地脱下身上的防护服，一边脱一边长舒一口气，"我没事，就是刚才一不留神把自己关在这个舱门里了，一个没留神崴了一下脚。估计这个舱门设计是有什么问题。"

家明那种头晕目眩的感觉现在终于完全消失了。只是，他心里的疑惑更重了：刚才发生在身上的那不可思议的事，现在想想简直就像是在做梦。他自己都有点儿怀疑那种经历的真实性了。

家明看了看身边的同事，感激地说："真的谢谢你们啊！要不是你们，我只能在那里面一直干着急呢！"喝了一口水，没等于兵他们回答，家明又问起了工作上的事："你们上午在客户那边的进展情况如何？那些数据对比可要再仔细一些啊！今天陈董为了我们技术参数的问题还专门把我找了过去。大家还得加把劲，争取尽快把完整的升级流程数据修改完毕。项目结束之后，我请大家吃饭！"

"好呀！"于兵笑着接过了话茬，"今天上午我们很顺利，那边对接厂家的硬件条件挺好，可以在配电设备的结构优化上与我们开展不少合作。"

"厂家中午还留我们一起吃了顿饭。"李琴一边说一边向门口探了探脑袋；只听她小声地用略带夸张的语气又说道，"那边的食堂比我们公司好多了，居然还有特色点心供应！唉！陈董真抠门呀！"

"是啊！"郑强也笑着说，"我中午还在那里陪他们的那个副厂长喝了一点酒。"

"难怪这里还有一点点酒气呢。"家明假装恍然大悟的样子，"大家也辛苦了，下午我们就把这些数据再和主机里的数据库比对一下，看看需要做些什么调整。"他拍了拍于兵的肩膀，有些严肃地说："记住，千万别再犯上次那种低级错误了。"

家明又抬眼看了看启动舱，感到有些不放心。"今天大家就不要再启动这台原型机了，等明天我们把数据全部理清楚头绪再说。"

就在他起身去拉电闸的时候，家明除了感到自己躯干的脊柱部位有些微微酸胀的感觉，其他地方都完全正常，几乎没有任何异样的反应。

"难道刚才是我做了一个梦？"家明心里忍不住暗自揣度。

八

整个下午的工作紧张而忙碌。看到郑强他们还在检查数据，家明心里忽然一动，便招呼了一声："各位，时间不早了，你们还是早点回去吧。"

于兵像是得到了解放，高喊一声："好咧！"坐在椅子上转身问李琴："你晚上想吃什么？我请你！"李琴白了他一眼："各回各家，各找各妈。"在于兵失望的眼神中，她回过身对家明和郑强说："那我就先走了，你们也别太晚了。"

家明和郑强使了一下眼色，冲着于兵说道："还不赶紧去追？"于兵扬了下手臂向他们打了个招呼，就急匆匆地跑去追赶李琴的身影。

"老郑，你也回去吧，我等一下再走。"家明对郑强说。

"好的。实际上，只要再把我们的数据进行几次多重性对比，一定可以找到合适的办法，改善那台原型机，早日实现真正的量产。"郑强盯着眼前屏幕上的列表认真地说。突然，他一拍脑袋，对家明说："对了！家明，刚才我观察了一下启动舱内壁，好像可以再增添一个手动摇柄从里面把舱门打开。"

家明看了郑强一眼，有点心不在焉地回答："好的。明天我们再琢磨一下。我把手头的事情处理一下就回去了。老郑你先走吧。"

"好的，你也早点回去！"郑强说完，便把桌上的包一拎，快步走到了门外。

等到郑强的脚步声慢慢走远，家明才从座位上站起来；他踱着步子走到窗口，远远看到郑强的背影消失在厂房的拐角，有些忐忑地把实验室的门关上。

"现在，这里又只剩下我一个人了。"家明心想，"中午发生的一切，会不会只是一场梦呢？"巨大的黄色安全帽此刻又浮现在了家明的眼前，就像是一个巨大的充满问号的UFO。中午那种全身被强大磁场所包裹的感觉也时刻提醒着家明，那可绝不是什么梦境！

"秘密一定就藏在舱壁后的那个神秘的黑色金属盒子里！"家明想到这里，转身快速地走到了启动舱的门口，睁大了眼睛向里面望去。他的脸色像是在担心从那个狭小的空间里会有什么奇怪的东西突然间跳出来。

此时，舱内一切如常。

中午被家明卸下来的那块舱壁板现在还靠在操作平台边上，那个似乎充满魔力的黑色金属盒子也没有任何起眼的地方，它与其他模块一样，被几颗螺栓固定在舱壁上。

家明这次学乖了。尽管供原型机使用的电路已经被切断，他还是放了把椅子隔在舱门中间，然后才走了进去。他盯着这个黑色的金属盒子看了很久，依然没有发现有什么异样之处。

当然，这次他也没有再敢去拿工具插那几个小小的接口。经过仔细研究，家明再次确认，这个神秘的黑色金属盒子的特别之处就在于，除了几个螺栓固定之外，它确确实实和3D原型机根本没有任何连接的地方。

"这究竟是怎么回事呢？这个黑色的金属盒子和这台机器没有任何关系，那它被固定在这儿干什么呢？这些美国人怎么会有这样的东西？难道3D打印需要这么个东西？我怎么就从来没有见过呢？究竟是个什么东西？"一系列问题如同潮水般涌入家明的大脑，弄得他感觉头都有点痛了。

家明正在愣神，突然眼珠子转了一下："哎呀！我在这傻愣着干什么呢？还不如现在就把它拆下来，带回家里去慢慢研究，说不定还会有什么重大发现呢。这东西也太神奇了！这个秘密可不能让别人知道！"

想到这里，家明迅速从工具箱里拣了几件称手的工具，很快就把固定那个黑色金属盒子的几颗螺栓给拧了下来，盒子到手了，家明把舱壁的盖板拿起来合上。这个金属盒子掂在手里沉甸甸的，重量和一台电脑主机差不多。

"一切完好如初！"现在，家明的脸上露出得意的神情。他拍了拍手，用一只蛇皮袋把这个神秘的黑色金属盒子捆扎好，把其他东西收拾停当，便拎上袋子走出了这间小小的实验室。

傍晚时分，太阳西斜，白天现在是越来越长了；经历了今天这件离奇的事情，拎着袋子走在晚风中，家明还是感到有点儿紧张。因为担心地铁安检会惹出什么麻烦,家明在路边叫了一辆出租车。他把袋子小心翼翼地放进后座,自己才跟着钻进车子。

"也不知道春玲到家了没有?今天晚饭我们吃什么呢?"靠在出租车后座上的家明终于放松了下来,开始有了一丝倦意。

初夏的夕阳,让这座都市里来来往往的行人都拖上了一条长长的影子,它们连同那各式写字楼和住宅楼的狭长阴影,相互之间交叉摆动。巨大的都市里洋溢着繁忙而杂乱的气息。交通晚高峰时间到了。

如果此刻有一只巨大的眼睛在城市上空俯瞰的话,一定会有一种寂静而吵闹的矛盾感。

这孤独的人潮,孤独的车流。这喧嚣的都市!

九

办公室里现在只剩下春玲一个人了,她一边洗手一边想晚上该吃点什么。细密的流水在水池中形成了一个浅浅的漩涡。今天她负责的病区里又死掉了一个年轻人。

那是一个年轻的小伙子。本该是青春怒放的年纪,却因为得了一种奇怪的淋巴系统疾病,生命就这样四散飘零。

"唉!"春玲忍不住轻轻地叹了一口气。虽然作为一名护士,这种生离死别对她来讲并不陌生,但是每当看到自己的病人无助地凋谢时,春玲还是感受到了生命的无常。

小伙子去世时,他的女朋友瘫软在病房的地上绝望地哭泣,来了许多人才把她拉开,走廊里一遍遍回响着她的痛哭声:"你还说要和我一起去拍婚纱照呢!我们不买房子了,我们去拍婚纱照呀!"这撕心裂肺的声音像是针刺一般穿透了春玲的心。

"好可怜呀!"春玲有种抑制不住的伤感涌上心头。她转念一想:"我和家明最近也该去拍个婚纱照了。"

春玲还在默默地伤感,这时一个温和的声音从门口传了进来:"小季,你今天晚上有没有空呀?"春玲回头一看,原来是骨科的赵医生。

赵医生名叫赵玉成,是重点医科大学的高才生,因为在卫生局当领导的父亲的关系,他工作没几年就成了骨科的副主任。春玲其实也蛮欣赏他的,当她还在骨科病房实习时,就发现这个高大的年轻人其实并不完全是靠自己父亲的背景才达到现在的位置,比起那些游手好闲的官二代,赵玉成在工作上比一般人都要努力。

可以看出,赵玉成是很不愿意提起自己父亲的,每当病房里需要人手的时候,他总是冲在最前面,完全没有公子哥的做派。他那一身黝黑的皮肤,经常被人以为来自乡下,其实这是他经常外出旅游的结果。据说他游泳技术很不错,曾经是区少年队的种子选手。

赵玉成一直对春玲很好,在他的眼里,这个来自湖南的姑娘聪明漂亮,身上有种说不出的坚韧,这和他自己身边圈子的女孩有很大的不同。当春玲在骨科病房实习的时候,赵玉成就主动接近过春玲,希望能够与她发展出进一步的关系,可惜这个湖南妹子每次都委婉地拒绝了他的追求:"赵医生,你这么优秀,能有你这样一个朋友就是我的骄傲啦!"陈丽经常为此数落春玲:"你看看那个赵医生,高富帅,哪一点不比何家明强呀!现在上海的房价都那么高了,人家赵医生追你又追得那么紧,要是我,我就跟自己说,青春奉献给了何家明已经够对得起他了,还不如趁这个机会嫁给赵玉成算了!"

"呸!"春玲心里想,"我可没有你那么随便!"

"今晚区团委的马书记过来，我们以前在团委里一起挂职的同事准备留下来一起吃个饭，他们让我过来也问问你，不知道你晚上有没有空一起聚聚。"赵玉成用温和的目光看着春玲，眼睛里闪烁着期待的光芒。

"不了，谢谢啊！今晚我家里还有点儿事情。"春玲略带歉意地回答道。

自从春玲在区团委和赵玉成一起挂职后，他们之间也慢慢熟悉了起来。虽然她婉拒了赵玉成的追求，但是两人之间关系一直还算不错。赵玉成还不到三十岁，但看起来挺成熟的，春玲因此称呼他老赵；赵玉成自己似乎也很乐意春玲这样称呼他。

"啊？机会难得呀！其实我们也是给马书记告个别。"赵玉成眼神里有种掩饰不住的失望，"马书记这几天就要去对口援助云南了，要一年的时间，今晚这次也算是我们给他送个行。"赵玉成看到春玲没有作声，又接着补充，"马书记那时对我们几个其实也是挺照顾的。"

春玲下班以后的活动，一般就是和家明在家门口找个地方随便吃个饭，再让家明在网上挑个电影，两个人窝在沙发上一起看。家明平常看起来傻愣愣的，但他挑的电影总是与众不同。家明特别爱看科幻片，还能一边看一边和春玲分析剧情；春玲特别享受自己和家明看电影的时刻，他为春玲打开了一扇全新的神奇世界。

春玲一直不太想和赵玉成走得太近，给陈丽留下把柄，毕竟自己是有男朋友的人了。但她看着赵玉成明显失望的眼神，不禁有些心软。按照常理，自己确实应该去送送人家马书记，毕竟在挂职的时候人家对自己的帮助挺大。

"等一等。"春玲拿块抹布揩了揩手，抬眼看着赵玉成说："老赵，要不待会儿我和家里说一声，今晚有送行饭局，估计问题不大。你先过去，我处理好了就尽快赶过去找你们。"

"好咧！"听到这话，赵玉成一下子活了过来，说话也开始眉飞色舞起来，"那我们就在门口那家常去的二楼包厢等你，你可要快点啊！"说完，他在春玲略带惊讶的眼神中，一路小跳着离开了。

落日的余晖从楼梯道尽头的窗户里透过，映在了这个年轻医生的脸上，他饱满的额头上反射出明亮的光彩。男人，在喜欢的女人面前总是显得有些孩子气。

春玲看着赵玉成的背影消失在办公室门口，有些怅然若失。她低下头，从包里掏出手机，给家明发了条微信，便走进里间换衣服。

晚风在街道上吹过，梧桐树发出了风铃般的沙沙声，医院门口依然人来人往。在医院的病房里此时又在上演着不知多少悲欢离合。

十

家明的手机又响了起来,他拿起来一看,屏幕上显示已经有了十几条未读消息。家明上车之后一直在琢磨实验室那事,百思不得其解,以至于忘了去看自己的手机。

这十几条短信大多是一些老乡朋友的,一眼扫过便完事。有一条是姐姐发来的,说晚上姐夫想和自己通个电话,似乎老家又有什么不太好的事情发生,估计是姐夫又要借钱了吧。

家明姐姐何家英是个教师,在镇上的小学教书快十年了。要不是以前家里负担重,姐姐的学业水平应该也是能够上重点大学的。可是为了弟弟的前途,姐姐最终还是读了一所普通师范学校,毕业后她就回到镇上做了老师。

姐姐是个认真的好老师,但因为编制的问题一直难以解决,收入不高,家里现在主要依靠姐夫的建筑队出去接项目,慢慢在生活上有了好转。建筑队也并不是一个好干的活,各方面的交道都要打,还要处理各类弄不清的账目。虽然家明的姐夫也算是个当地有名的能人,但要靠他自己把一家老小的生活维持下去也并非易事。前两年为了给家明的外甥女看脚病，姐姐还向家明借了三万元钱，至今也没有能力还。

"我晚上和同事们约了一起吃饭，回来要晚一些，晚饭你自己安排啦。"微信里传来了春玲慵懒的声音。家明很喜欢她这种声音，他当初就是被她的声音吸引的。

"你早点回来，注意安全。"家明直起身来对着手机发了一条语音后就失神地向车背靠了下去。突然，他注意到马路上越来越拥堵的人群和车流，原来是前方两辆车的碰擦导致了这条路交通瘫痪。透过车窗，家明看到各路司机都显得很激动，幸好有个警察已经在现场疏导交通了。

"小伙子是外地来的吧？不要慌，这个时候堵是正常的，前面路口拐了弯就好了。"出租车司机大叔倒是挺和气的，说完还问了家明的老家在哪里，说自己的表哥曾在那里下放过。在家明的记忆里，小时候镇上是有几户上海来的家庭，那些人家里一直都特别干净、整齐，即使是在非常狭小的空间里，也能把各种日用品收拾得井井有条。

"真是螺蛳壳里做道场呀！"家明不禁轻轻感叹了一句。

拐弯以后车子的速度明显提了起来，不多会儿就到了家明租住的小区门口。"谢谢啊！再见！"和司机大叔道别以后，家明拎着包裹得严严实实的蛇皮袋进了小区，朝楼里走去。

夕阳西沉，一群老年人领着小朋友出现在小区的广场上。孩子们互相追逐、打闹，老人们操着各地的方言谈家长里短，一派平静祥和的景象。

"你们也可以考虑要个孩子了，趁我现在身体还带得动。"家明耳边响起了今年春节回家，母亲对自己说的话。父亲死得早，母亲在舅舅们的帮助下才把姐弟两人拉扯大，艰难的生活让母亲看起来要比她的同年龄人老迈许多。每次回老家，看到母亲头上日渐增多的白发，家明心里总会有深深的刺痛感。

但是家明的母亲如今非常骄傲。与大多数儿子在大城市工作的母亲一样，只要有机会，母亲就会向人炫耀自己有这样一个优秀的儿子。家明十八岁就考上了上海一所著名大学，研究生一毕业就进了一家研究所，现在又是外资企业的经理，薪水高过了许多同龄人，他确实是一个优秀的儿子。

虽然家明回家次数不多，两人见了面话也不算多，但母子之间的感情很深。家明总想着能够在上海买上一个大房子，把母亲接过来住一住。"那样的话，母亲就更可以在亲戚朋友面前炫耀了吧！"家明心里常常会这样想，"虽然炫耀这事情很无聊，但是只要母亲开心就好，没有比这更重要的了！"

一个孩子把球踢到了家明的脚边，家明笑着轻轻踢了回去。看着那孩子蹦蹦跳跳的样子，他不禁想到了自己："也许，我和春玲真是该尽快要个孩子了吧。"

小区闲适的生活气息让家明想起了远在千里之外的家

乡，想起了自己那早逝的父亲，想起了母亲，想起了姐姐，想起了春玲。他轻轻揉了揉眼睛，打了个哈欠。今天经历了这么多事情，他确实是有点累了。

十一

进门后,家明稍作休息便赶快地把袋子拆开,想仔细研究一下这个神秘的黑色金属盒子。

因为不经常做饭,家里大部分时候都被春玲收拾得很干净。家明和春玲都喜欢简洁式样的家具,所以客厅里除了一个电视机,一只大沙发和一块大大的地毯,其他的大件物品就都没有了。春玲和家明平时看电视的时候,或是躺在地毯上,或是靠在沙发上,两个人都觉得很惬意。有时候,简单的生活就很美好。

"其实,生活都是被人类自己给弄复杂的!"家明常常对春玲这样说。

摆在家明脚下的这个黑乎乎的金属盒子此刻看起来是那样神秘。中午发生的那件事已经超出了人类的认知,它的内部结构也一定很复杂吧。家明是一个好奇心极重的年轻人,他盯着盒子喃喃自语:"我究竟应该从哪里下手呢?"

幸好春玲不在家,家里能够找到的工具都被家明摆在了客厅,屋内此时被弄得像修理厂一样乱糟糟的。他捣鼓了半天,只发现在这个黑色金属盒子的外缘嵌了一个难以发现的金属框,并没有任何异样,既没有电流输入的接口,也没有电流输出的接口。固定在舱壁上的螺栓就是固定那个金属框用的,只是由于金属框的颜色和盒子的颜色一样,所以一开始家明还以为盒子直接被固定在了舱壁上。

忙碌了许久,还是没有任何了不得的发现。这个修理工脸上写满了无奈。家明一屁股坐到了沙发上,眼睛里又浮现出中午的那种奇遇景象。有一件事情已经可以确定,就是金属黑盒子和那个3D打印原型机之间毫无关系,它与那整台机器装置没有任何的机电连接。

目前这个金属黑盒子除了家明一个人知道之外,其他的任何人都不知道,所以从理论上讲,这个黑盒子目前属于家明个人所有。

稍微休息了一会儿,家明把客厅里所有的灯全部都打开,趴到地毯上继续研究这个金属黑盒子。他发现这个黑盒子本身外缘那个金属框的材料不太一样,盒子本身的颜色要更黑一些;如果用放大镜仔细观察的话,还会发现这个金属黑盒子的表面有一层可以感光的材料。

"这是太阳能电池的材料吗?"家明心里暗想,"那也就难怪不需要任何的接线了。但是为什么要固定在3D打印原型机的舱壁里面呢?那里岂不是完全晒不到阳光?"

家明反复琢磨着这件事。忽然他找到了一条线索:"那道奇怪的光线在一瞬间把我弄小了,但是没过多久我就自动恢复了原状。这个盒子很神奇,但它的作用可以维持的时间似乎是有限的。"

"看来要知道究竟是怎么一回事,我还得冒险再实验几次。"

邻居炒菜的香味从阳台的窗户漫了进来,是辣椒炒鸡蛋的气味,香味勾起了家明的食欲。他抬头看墙壁上的挂钟:"呀!都快七点了,我该吃晚饭了!"可强烈的好奇心又促使家明尽快揭开谜团。

"还是不出去吃饭吧,时间能省就省。"看着身边一堆杂乱的工具,想来想去,家明还是决定节省点时间,给自己泡一碗方便面,就算把晚餐给打发了,"反正春玲今晚也不在家吃饭,我就自己先随便对付一下吧。"

卤蛋、火腿肠、方便面,这是家明从上大学时就必备的宿舍伙食三件套。这种搭配实在没有什么营养,但对他这样一个穷学生来讲,已经是一顿美味了。和春玲在一起以后,她总是说不要再吃这些垃圾食品,所以家明也很少再吃了,但还是常备着这三样东西,以防不时之需。

用电热水壶开始烧水后,家明又坐到了地毯上,双手托着腮帮,盯着这个神秘的金属黑盒子,眉头紧锁。

十二

家明把金属黑盒子的接口对着头顶的灯光,发现盒子上除了一条细细的缝隙之外,接口里面还有两个并列排布的小小的接口,左边的接口上还有一个很小的、类似手表上带刻度的机械式旋钮,目前的刻度似乎在接口的最左边的顶端。要不是因为现在黑色盒子完全对着强烈的光源,以平常那种视角,人们还真的发现不了这么个小机关。

家明刚才拆方便面的外包装,所以正好随手拿了一把小螺丝刀。不知怎的,此时他神差鬼使地想用手上的那把小螺丝刀的尖头向黑盒子右边的那个小接口内插去。就在细细的尖头快要接触那个接口的瞬间,家明突然心里一动,手硬生生地停在了半空。他旋即把黑盒子放下,从地毯上爬了起来,快步走回厨房。

家明出来时,手上多了一双筷子和一包竹制的牙签。他刚坐到地毯上捧起这只金属黑盒子,耳边就传来了电热水壶里水沸腾的声音。

家明皱起眉头看了一眼飘出蒸汽的电热水壶,转过头把黑盒子接口向头顶的光源处立了起来;他稍稍犹豫了一下,抽出了一根牙签，用牙签向右边的小接口内慢慢地戳了进去。

家明闭上了眼睛，紧张地等待着怪异的现象再次出现。他的额头上渗出了点点汗珠，脸上的表情像是有点儿害怕，又像是有点儿期待。

家明紧张得能听见自己的心怦怦直跳的声音，可等了很久，什么也没有发生，周围没有任何的异样，地毯上还是一堆乱糟糟的工具。此时，电热水壶的按钮已经跳了起来，壶嘴上冒着热腾腾的蒸汽。

"奇怪！"家明眨了眨眼睛，忽然转念一想，"嗯，看来应该是这样！"

他迅速把开水倒入泡面桶里，合上盖子，又坐回到地毯上。盯着这个神秘的金属黑盒子看了一会儿以后，家明再次拿起小螺丝刀，紧握刀柄对准右边的小接口，慢慢地合上了自己的眼睛，手微微颤抖，把刀尖轻轻插了进去。

"啪！"空气里响起一个奇怪的声音，家明只觉得一阵眩晕，随即一道炫目的光芒将他整个人都笼罩住了。家明这次没有失去意识，他只是觉得心里有种很慌的感觉。等到他再次睁开双眼，映入眼帘的是一只像工厂里的锅炉一般尺寸，正在自己的头顶上吐着蒸汽的巨大的电热水壶，在它的旁边，则立着一个和小区门口传达室差不多大小的圆筒状物体。

"这么大的方便面桶呀！"家明不禁惊呼了起来。这如果说是科学实验的话，那么很明显，实验成功了！家明成功让自己的身体又变小了。

"真是不可思议！"家明暗自惊奇。毕竟已经经历过这种变化，此时的家明显得比较镇定，他开始检查起自己的手脚，还是一切如常。

家明抬头看了看自己的周围，突然间像是想到了什么，忍不住大笑了起来。周围的一切都那样的熟悉，却又那样的陌生。水塔一般的吊灯，像小山坡一样起伏的三人沙发，如同巨型瀑布般垂下的白色纱帘，还有身边那个像集装箱一般大小的来历不明的神秘的金属黑盒子。悬挂在墙壁上那只巨大的石英钟此刻发出了震耳欲聋的声响，路灯杆般粗细的指针刚好指到了七点整。

小小的一室一厅，现在在家明的眼里就像是一座巨大而神奇的宫殿。他忍不住兴奋地跳了起来，开始在这个熟悉而陌生的环境里放肆地奔跑。

"这是一个巨人的国度，处处充满了凶险，你可得小心呀！"家明忍不住冲自己开了个玩笑。

抬头望去，客厅通往卧室的走廊好似巨大的哥特式教堂的穹顶；春玲放在进门玄关处的几个盆栽现在成了一个巨大的奇幻丛林；放在厨房地上的两颗大白菜横亘在眼前，就像染上了一层绿色的冰川，谁知道那里面是否有冰封千年的沉船呢？

家明气喘吁吁地跑到了卫生间里，高大的白色陶瓷马桶如同耸入云端的飞船，角落里几个颜色各异的塑料盆就如同一个个色彩斑斓的游乐场，仿佛在宣告下一场精彩的马戏表演就要开始了。

高大的壁橱一眼望不到顶，蓝色的床单看起来如同一片巨大的海洋。家明顺着脚凳的边缘，利用垂下的毯子吃力地爬上去，一圈圈的褶皱还真像水面上的波浪。一阵清凉的晚风从窗外吹过，春玲新换的床单上散出一阵清新的气息。家明忍不住闭上眼睛，张开双臂，仿佛自己真的站在大海边一样，等待着浪花的冲刷。

　　"哗，哗！"家明嘴里一边发出扑腾浪花的声音，一边在床单上手舞足蹈；此刻，一切的烦恼都被这个年轻人抛在了脑后，什么房价呀，薪水呀的问题都不再是问题。

　　可当家明刚一想到姐夫借钱的事情，就仿佛被泼了一盆冷水，亢奋的心情又稍稍平复了一些。"对了！刚才在路上的时候姐姐发了个信息，说姐夫想晚上聊一聊，姐夫想和我聊什么？"家明的心里开始有些不安。

　　就在此时，家明手机的铃声在客厅里响了起来。

十三

手机一直在响,家明却一直无法顺利地下床。这张平日里也就大腿那么高的双人床如今在他的眼里,就如一幢高耸入云的大厦。犹豫的一瞬间,一阵眩晕感再度袭来,家明眼看着自己就像坐过山车一般,身体急速向下俯冲,周围的物体飞快地向身后退去,他的眼睛无法对焦,他也没有办法控制自己身躯的平衡。

随着一阵轻微的恶心,家明又恢复了原来的尺寸。他正以一种可笑的姿势坐在双人床的边缘。

"真的又像是做了一场梦!"家明心里暗自称奇。

不过这一次他并没有惊慌失措,而是扶着床沿慢慢地站了起来。在活动了一下身体以后,家明发现自己还是没有什么异样,便走回了客厅。抬头一看,墙上那只石英钟的指针已经指向七点半。

刚才的手机铃声已经停止了,家明心想:"刚才的那个电话是谁打过来的?"他捡起放在沙发上的手机,屏幕上显示的是老家姐夫的号码。他忽然有种不祥的预感,旋即便回拨了过去。

手机很快就接通了,话筒里传来了姐夫沙哑的声音:"是家明吧?你刚才怎么也不接电话?咱这出了点事,你可能要尽快回来一趟。"家明心里一紧,赶忙问道:"出什么事了?""是这样的,妈妈早上摔了一跤,人昏过去了,现在还在医院里躺着呢!"

"啊?妈妈现在的情况怎么样?"家明突然觉得全身冰冷,他的鼻子立刻酸胀了起来,不敢再多问下去。

"现在妈妈还没有完全清醒,人还在医院病房里。不过还算好,医生说没有生命危险。"姐夫在电话那头叹了口气,"我下午用你姐姐的手机给你发了个信息,看你一直没回复,我就直接打你的电话了。"姐夫说完顿了一下:"家明,你这次可能要多带些钱回来。"

家明呆呆地站在客厅的地毯上,偷偷抹了抹眼泪。他没有想到母亲今天竟然发生了这样的意外。他还没有带母亲在上海好好地玩上几天呢!上次还是陪外甥女来上海看脚病的时候,母亲来过一次,可是他当时忙得没有时间领母亲到处转一转。想到这里,家明努力让自己镇定下来,用方言和姐夫说:"我知晓了,我今天晚上就赶回来!"

挂了电话,家明想到母亲含辛茹苦地将自己和姐姐拉扯大,还没有享福就突然遭此横祸,心里难受极了!可转念又一想,母亲幸好没有生命危险,又是不幸中的万幸,自己得赶紧回家一趟。他简单收拾了一下,随身带上了银行卡和一些现金,顺手把金属黑盒子打包塞进了壁橱,就急匆匆踏上了返乡的旅途。

家明很快就登上了返乡的高铁。看着列车窗外那无尽夜幕下疾驰而过的田野，家明心里忍不住又难过起来。他想到了自己小时候与姐姐和母亲相依为命的样子。那时候的生活非常艰苦，一些亲戚甚至还认为母亲克夫，让父亲年纪轻轻就得了急病去世。在家明的记忆里，父亲和母亲的关系其实是相当融洽的。父亲领了工资以后，会把他扛在肩上，一只手牵着姐姐，和母亲一起去镇上小商品市场边的餐馆吃饭。那时候，父亲还是个白净斯文的年轻人，嘴角永远挂着浅浅的微笑。

母亲是个倔强的女人，吃了无数的苦才把他们姐弟抚养成人，现在还在为第三代继续辛苦着。为了这个家，母亲可以说是操碎了心。

夜色下的魔都灯火辉煌。无数来自异乡的青年男女怀揣着梦想在这个都市里生活，他们的命运如同蝼蚁一般，各种不确定因素随时会将他们那稚嫩的笑容击得粉碎。他们唯一的本钱就是青春，可是像青春这样微不足道的赌注在如此巨大的赌盘上却显得那样不堪一击，所有的努力最终可能只换来一张回家的站票，数年的辛劳也无法安顿下一片立足之地。

家明的初中班主任很早就说过，只要上了大学，就能够鲤鱼跳龙门。家明在母亲和姐姐的期待中，没日没夜地苦读，在比人还高的书山题海里脱颖而出，总算是跳了龙门，还读了研究生继续深造。他目前领着还算不错的薪水，但生活的种种压力却依然巨大，上海那一直高企的房价一次次给家明的雄心壮志泼冷水。

火车在黑漆漆的夜幕中继续飞驰,家明沉沉地睡了过去。在梦中,他把母亲接到了上海,住进了一个有美丽花园的大别墅。

"你是我的眼,带我领略四季的变换……"一阵手机铃声把昏睡中的家明吵醒。是春玲打过来的。出发的时候他因为太匆忙,心情又太沉重,一直没看手机,忘记了给春玲发信息,所以也没看见春玲发的信息。

听到春玲在电话里有点不高兴,家明略带伤感地把家里发生的事情告诉了她。明白了原委的春玲也不好受,但也不知道能做什么,只好宽慰了家明几句,让他别太担心,多注意休息。一番叮嘱之后,两个人各自挂了电话。

坐在家明旁边的一个大叔听完了他们的对话,看到家明那伤心的样子,忍不住叹了口气,递了一瓶矿泉水给家明。家明接过水,向大叔道了声谢,不禁又想到了自己早已过世的父亲,心里更加难受了。

十四

春玲在饭局上可谓星光四射。她不仅得到了同事的一致夸奖，还得到了马书记的表扬。马书记还要给她介绍男朋友，但春玲笑着说自己已经有了男朋友；马书记表示遗憾的同时，若有所思地看了一眼坐在自己身旁的赵玉成。

赵玉成倒也还大方，略带调皮地说：“如果不是小季已经有了男朋友，我早就去追了，哪里还等到马书记来说媒！"大家都被赵玉成的话逗乐了。

买单的时候，本来讲好的大家AA制，可赵玉成趁上厕所的时候抢先把单给买了。马书记表示非常感谢，这顿送行宴大家尽欢而散。

送走马书记之后，同事们余兴未消，打算再去KTV唱唱歌。春玲在吃饭的时候给家明发的信息一直没有收到回复，后来她又打了几通电话，还是没有人接听。她开始担心起来，便向大家告别说自己要先回去了。赵玉成也称自己晚上还有点事要先走，自告奋勇地要顺路送春玲回家。春玲本想拒绝，但是架不住赵玉成的热心，只好让赵玉成找了个代驾。

夜晚的上海依然和白天里一样，灯影婆娑中人来人往。春玲立在路边看着流光溢彩的街灯，不禁伤感起来。梧桐树叶里透过高楼大厦的光，那璀璨的灯火就是一户户的人家，而每户人家都有一本难念的经。

家明人表面谦和，实际上骨子里有一股傲气，似乎任何人都无法真正走入他的内心。春玲和家明在这个城市奋斗了几年，现在依然没有一个真正的立足之地，不知道哪一天才能够拥有属于自己的小窝。回身看到赵玉成那高大的背影，春玲的思绪在酒精的刺激下有些乱了。

一阵凉风袭过，春玲清醒了许多，又开始担心起家明来："怎么家明到现在也没有回我？"一般情况下，家明总是会很及时地回春玲的信息，有时他甚至还会特地找个没人的地方，用方言回她"老婆大人"云云。今天家明究竟是怎么了？

春玲在上海真正的亲人其实就只有家明一个人，一想到"万一"，春玲脑子里就乱糟糟的。"不要胡思乱想！季春玲啊季春玲，你怎么就喜欢瞎想！"

脑子一乱，春玲眼前忽然又浮现出了赵玉成的身影。"这个人其实对自己很好，而且家底又好。"想到这里，春玲突然打了个激灵，又忍不住叹了一口气，对自己刚刚的那一闪念有些不悦。作为一个新时代的独立女性，春玲当然是要靠正当的努力去获得未来的幸福，何况，她还有家明呢！

"真是家家有本难念的经呀！"春玲轻轻叹了一口气。晚风拂过她秀气的面庞，喧嚣的人群和高耸的楼宇让这个年轻的女子显得十分娇小和无助。

代驾到了以后，赵玉成把车子后门打开让春玲坐了进去。赵玉成本想也坐后座，可他看到春玲有点迟疑的样子，便坐上了副驾驶的位置。车子启动了，朝着春玲家的方向驶去。

赵玉成看春玲一晚上都心神不定，也有些紧张，以为是吃饭的时候自己说错了话。为了避免误会，他开口向春玲赔了个礼："春玲不好意思啊！刚才我喝多了，估计我又乱说话让你不开心了，请你多多包涵呀。"

春玲淡淡地回他："聚餐就是为了高兴嘛，而且我也没生你的气，你千万不要往心里去。"

赵玉成看春玲没有责备自己的意思，便话锋一转："春玲，你现在还在租房子吗？"春玲叹了口气，没有再作声。

赵玉成说："听我舅舅讲，年底上海的房价还要再跳一下，我建议你还是先买了吧，越早越好。春玲，你也别见外，如果真的有什么需要，你就说，我会尽力帮助你们的。"

"谢谢了，老赵，真的不用！"春玲靠着椅背，脸背过去，看着车窗外掠过的点点路灯。赵玉成看春玲的精神不太好，只好沉默，车子里的气氛有些尴尬。

很快，车子就到了春玲住的小区，她与赵玉成道了个别，便转身下车朝家里赶去。家里乱糟糟的却没有人，春玲一开始还以为失窃了，等接通家明的电话，才知道家明的母亲出了事。

对于家明家里的事，春玲爱莫能助，只好安慰他几句；夜已深，大家都需要休息，只好各自挂了电话。家明继续在黑暗里前行。不大的客厅里，只剩下春玲一个人抿着嘴呆呆地站着了。

"又是一笔巨大的开销呀！"此刻，春玲的心就如同周围那黑漆漆的夜，一点一点沉了下去。

十五

家明终于赶到了医院。隔着门上的玻璃窗看到躺在病床上插着针管的母亲,家明内心无比酸楚。

事故的起因是母亲在街上一个没留神,被一辆小汽车撞倒了。肇事者逃了,母亲摔倒以后伤到了头部,除了造成脑震荡以外,还引发了颅内出血。幸亏及时送到医院抢治,总算是保住了性命。但即使能够康复,估计也需要相当长的时间。

"妈照顾了我们一辈子,现在本应该是安享晚年的时候,唉!"家明嘴里嘟囔着,越想越难过,自己在上海如此打拼,为了赚钱甚至冒险辞掉了研究所稳定的工作,不就是为了想让母亲能够尽快过上好日子吗?这可真是飞来横祸了!

"医疗费还是先找人凑的。"姐姐看着家明疲惫的面容,轻声地说。

"没有关系,只要母亲好过来就行!"家明忍住眼泪说,"姐,你不用担心!"

家明看着姐姐憔悴的样子,便让她先回家休息,自己陪床照顾母亲。向姐姐询问了关于手术的情况,确认母亲一切生命体征都正常后,家明才算是稍稍放心了一些。夜已深,经历了一天的奔波，家明此刻已经是疲惫不堪，他在监护室门口的靠椅上慢慢倒了下去。很快，沉重的呼吸声在空荡荡的病房走廊上回响起来。

天很快就亮了。家明被一阵"咕噜咕噜"的嘈杂声惊醒，原来是医院的餐车过来了。一转头看见母亲静静地躺在病床上，各项体征十分平稳，他暂时松了一口气。家明给陈雄打了个电话，说明了家里的情况。

陈雄还是比较注重传统家庭观念的，他在电话里宽慰了家明几句，让家明先把家里的事情处理好再回去，不用太操心工作上的事，投资商还要等到下个月才过来，时间还算充足，可以暂时安排郑强他们去做事。家明在电话那头连连道谢，表示回去后自己会继续努力加班，把时间和任务都尽力弥补上。

家明又给郑强打了个电话，把自己的情况简单地说了一下，希望他能帮个忙先顶一阵子的工作；随即又给春玲打了电话，和她商量母亲医药费的事情，可是春玲不知怎的，一直没有接电话。于是他便自作主张给姐姐账户转了二十万元，用于姐姐的债务和母亲前期的治疗费用。

"离房子首付又远了一点。"家明站在银行大堂里，看着自己的银行卡，忍不住苦笑了起来。"唉！"家明长长地叹了一口气，忽然感到身心俱疲，他再次领悟了赚大钱的迫切性。

春玲这时候也正忙得焦头烂额，今天的病人似乎格外地多。好不容易熬到中午下班，春玲才有空拿起手机，看到了家明的几个未接来电。和家明打了一通电话，知道家明的母亲没有生命危险才放下心来；但听家明说他擅作主张给了姐姐一大笔钱，无力感一下子又涌了上来，感到胸口堵得慌。

在一旁低头玩手机的陈丽抬头看到春玲煞白的脸，忍不住关切地问道："春玲，你怎么啦？"春玲看到陈丽脖子上挂的名牌项链，便想到自己要等到换季打折的时候才舍得去买自己心仪的衣服；想到每天为了房款的首付辛苦地攒钱，因为家里老人的一场大病又得再辛苦一段日子；想到辛苦无人可以诉说，酸楚瞬间涌上了她的心头，眼泪一下就流了下来。

陈丽吓了一跳："姐姐你这是怎么了？！"一边把手机往桌上一扔，抱住春玲拍了拍她的后背："没事的啊，没事的啊……"春玲再也忍不住，伏在陈丽肩头无助地哭了起来。

十六

家明在医院一直等到下午,才见到母亲的主治医生。大夫看家明满脸憔悴的样子,安慰他:"你母亲目前没有生命危险,看起来挺严重,实际上好好养着就可以慢慢恢复了。"大夫继续说道,"到了这个岁数,完全康复是比较难了,可能病人需要轮椅代步,但如果坚持复健,恢复正常的希望还是很大的。"

家明千恩万谢地送走医生,正好碰上姐姐和姐夫都来医院看望,三个人就在病房门口商量起来。姐姐本来说什么也不要家明给她转的那笔钱,不想因为自己的问题耽误家明买房的计划,但在家明极力劝说下,终于同意把钱留下,但也事先声明,如果预留给母亲的治疗费用不够,本来属于她的这笔钱可以直接补上而不用征求家明同意。

家庭,看起来是一个非常温馨的字眼,但是对于许多苦苦挣扎在紧巴巴的生活中的人们来讲,家庭有时候更是一种责任,一种负担。

家明回姐姐家睡了一觉,醒来已经是晚上九点。姐姐这时候也从医院里回来了。

初夏时节，一家家大排档又在马路两边摆开了阵势；姐弟两个有好几个月没有见面了，便说好出门下馆子。吃饭时姐夫喝了挺多酒。抚养一家老小的压力，让姐夫这个只上过初中的汉子看起来要比同龄人老了许多，虽然他才三十多岁，但已经老得像是五六十岁的人了。

饭后，一家人再次来到医院。母亲虽然还没有完全清醒，但状态已经比前一天好多了。压在大家心里的一块石头总算是落了地。

安排好了晚上的陪护，姐姐让家明回去睡觉，家明怎么都不肯，说要陪床过夜，第二天早上返程的车票已经买好了，家明今晚是一定要陪着母亲的。最后姐弟俩决定一起在病房过夜，正好顺便聊聊家明未来的打算。虽然也提到了与春玲的婚事和买房子的事情，但家明也是习惯了报喜不报忧，他更想让姐姐觉得自己目前混得还不错。

夜色渐浓，人声依旧喧哗，家明突然改了主意，执意让姐姐先回去。目送姐姐那单薄的背影消失在街道的拐角，家明总算是松了一口气。

他给春玲发了个信息，简单说了下母亲的病情，并告诉她自己明天就返回上海。听到春玲的声音，家明总算感受到一丝慰藉。有一次春玲搂着他说道："你在哪里，哪里就是我的家！"那温柔的感觉让曾经迷惘不知道哪里才是真正的家的家明好生迷醉。

家明看着外边街道上那闪烁的灯光和偶尔传来的人声，想到这两天的各种经历,他再次产生了一种虚脱的感觉,不知怎的又想起那个神秘的黑色金属盒子。

"这个黑色金属盒子现在属于我了,一定意义上来说,它就是个无价之宝!"想到这里,家明露出一丝得意的微笑。头顶上那昏暗的灯光将他的得意慢慢包裹,他有点困了。

夜色凉如水,斯人独憔悴。谁也不知道在未来,这个年轻人的命运是否能够有转机。

十七

姐姐一家人一大早就来到了医院。家明也不耽搁，再三确认母亲目前已经脱离危险后，匆匆坐上出租车赶去火车站。他决定回去以后，告诉春玲一件有趣的事情。

春玲是个很能调节自己情绪的女孩。中午在陈丽的怀里哭了一阵后，她很快就恢复了状态，还和陈丽一起去吃火锅。年轻人的烦恼就像是一阵风，来来去去，捉摸不透，即便有再大的压力，他们也会咬着牙扛下去。毕竟，青春才是他们唯一能够依靠的财富。

陈丽虽然表面风光，但其实也是一肚子苦水：虽然她有个有钱的男朋友，但这个男人会时不时和其他一些女孩子有搞不清楚的关系。陈丽说起这件事时憋屈的样子，让春玲更坚信了"男人有钱便学坏"的道理。

"女人学坏便有钱呀！"陈丽一边吃虾，一边窃笑着对春玲说，"你倒不如和赵玉成配一对算了。那赵医生一直对你不死心，你趁机狠敲他一笔彩礼，也算是对青春有个交代呀！哈哈哈！"两个女孩隔着一桌子的小龙虾壳互相指点，笑得上气不接下气，令人烦躁的伤感情绪一扫而空。

"我相信爱情！"春玲脱下了手上的塑料手套，抬起头看着陈丽认真地说，"只要和爱的人在一起，再苦再累也不会后悔的。何况，我相信今后的日子会越来越好的！"

"好吧！姐姐！祝福你们！"陈丽斜着眼睛看着春玲咯咯地笑着。

下班后，春玲早早就回到家里打扫卫生。

一个家没有女人可真不行。春玲在整理房间上确实很有一套，虽然是租来的房子，但依然被她收拾得井井有条。家明喜欢简约，所以当初房子刚一租定，两个人就把屋内给彻底收拾了一番，该扔的扔，该换的换，老房子一下子旧貌换新颜。

春玲正要把手边散乱的衣服往洗衣机里放，忽然瞥到壁橱里有一只黑色的盒子。家明虽然不是什么讲究的人，但做事情还是比较有条有理的，一般情况下不会乱放东西。

"这是什么东西？家明不会把工具什么的往壁橱里放吧？"

"还是等家明回来，再来问他这究竟是什么吧。"可她转念又一想，"不对，放在壁橱里，说明家明比较在意这个盒子。"春玲是个聪明的女孩，加上强烈的好奇心，她把盒子拿起来端详了一番。

这个黑色的盒子体积不大，掂起来还挺沉的。"不会是什么值钱的古董吧？"春玲寻思着，可是看这东西的外部造型又有一点科技感，不可能是什么古玩；表面漆黑，显然也不是黄金。春玲被自己的这些想法给逗乐了，忍不住笑出声来："季春玲呀季春玲,你也真的是很财迷呀!该好好反思反思啦!"

"万一真是家明临时随便放的也说不定呢,待他回来再问也不迟。也不知道他母亲情况现在怎样了。"春玲正想着家明,家明便发来了信息,得知老人无大碍才算是放下心来,于是她便劝家明不要急着回来。可是家明说高铁票已经买好了,因为外部投资的事,最近公司业务也很繁忙,人手不能缺。了解了这些,春玲也就没有再多说些什么了。她把家里仔仔细细地收拾干净以后,简单吃了点晚饭,便躺下休息了。

夜色下的小区逐渐安静下来。这边的人说话不喜欢用大嗓门,做事情也都是轻手轻脚的。喧嚣与寂静并存,也是春玲喜欢魔都的一个理由。但此时,春玲体会到了一种深深的孤独。女孩子只身在外闯荡,虽然奋力拼搏,生活却依然不易,各种艰难似乎总是在转角处与她相遇。

春玲很快入睡了。在梦里,她有一个巨大的花园,花园里开满了各种花朵,那是一个永远充满生机与欢乐的花园。

十八

家明的列车到站了。出站以后，抬眼望去，湛蓝的天空中飘着几缕细细的白云，隐约传来几声蝉鸣。夏天真的到了。

家明先回了一趟家。进门以后他看到屋内收拾得整整齐齐，心里"咯噔"了一下，匆匆走到客厅的壁橱边，打开一瞧，看到黑盒子好端端地放在里面，这才舒了一口气。他把黑盒子拿起来又仔细观察了一会儿，没有发现什么异样，便将它小心包好放进壁橱。

家明迅速冲了个澡，换了身干净的衣服，叫了辆出租车直奔公司。虽然损失了一些金钱，但是母亲的生命却是再多的钱也买不回来的，这次花钱买平安，值。家明不由得暗暗下定了决心，一定要想办法努力多挣些钱，尽快买房子，再把母亲接到上海住。毕竟，大都市的医疗条件要远远好过县城那种小地方。

家明从出租车后视镜看到身后那条宽阔的马路，此时街道上车来人往，好不热闹，心里突然浮现一层阴影。

"这黑盒子还是有危险性的！"家明暗自思忖，"决不能让其他人见到这个东西！现在，千万不能轻举妄动！"

风吹在家明的脸上,他感到一丝清爽。这个神秘的黑色金属盒子再怎么厉害,也终究只是他人生的一段插曲吧。它不属于这个时代,也不属于这个空间!

此时,在地球的另外一端,有两拨势力正在为这只神秘的黑色金属盒子进行殊死的较量。其中的一方是人类,而另一方,则是绝大多数人所完全不清楚的某一种存在:可能是人类,也可能是别的什么生命文明。

这座超级大都市,是一个比上海还要声名显赫的存在,它有个可爱的昵称:"大苹果"。这是一座精英荟萃的城市,也是各种野心勃勃的罪恶的发轫之地。纽约,被祝福之地,被诅咒之地。

人类一方一直骄傲地宣称自己拥有纯粹的血统,单从生物学意义上来讲,这些人和家明有着几乎完全相同的DNA结构,应该是同一类人。但实际上,这些人隶属于一个有着深厚背景的秘密组织,里面的成员既有科学家与艺术家,又有心狠手毒的阴谋家与打手。

这个组织的对外介绍是"探索者基金会",其会徽上的名称是一连串古拉丁文字,翻译过来叫"神圣探索者联盟"。据说这个组织已经在历史上存续了数百年的时间,根据一些接近他们的消息人士的情报,这个组织最初是由欧洲文艺复兴时期的一些白人科学家和艺术家所组成。这个组织一直在秘密进行各种奇怪的科学实验:从喜马拉雅山顶到马里亚纳海沟,他们的足迹踏遍了全球;从对外星球的探索到对人体基因的解密,从物理学到心理学，从考古学到天文学，他们的研究涉及的领域十分广泛。这个组织所掌握的各种政治经济资源，远不是为生计而奔波的普通人能够理解的。在遥远南太平洋的一座小岛上，他们还拥有专属的私密领地。

正像轮值主席亨廷顿爵士在他那位于曼哈顿的顶楼会议室里作会议总结时经常说的那样："作为科学家，我们是冷酷的；而作为骑士，我们是儒雅的；为了我们的骨头！干杯！"随后他便会在一片掌声里将自己杯中的美酒一饮而尽。

"我们是虔诚的信徒，我们信仰科学！"这是亨廷顿爵士最信奉的一句箴言。

由于严密组织、严格的纪律和巨大的资源调动能力，基金会在过去执行事务中可谓从未失手，这一次，他们失败了：历经千难万险获得的质能转换器八号突然不翼而飞。而作为合作方的客人，在严厉地指责了他们之后，让他们尽快把质能转换器找到。客人还非常不友好地表示，鉴于目前的这种状况，将会无限期推迟双方在关于质能转换器上的一切应用开发的合作。

"你们还没有能力理解与运用这样的科技成果，错误的开发会引来意想不到的灾难！"合作方那个说话瓮声瓮气的客人早些时候在会议现场上的言论，此刻又回荡在了亨廷顿爵士的耳边，弄得他有些心烦意乱。

在质能转换器八号移交与应用的谈判会议上，双方一开始还算是友好的，政府代表理查德参议员也出席了那次会议。亨廷顿爵士当时正在做一个主题发言，在收尾时振臂高呼："科学家的任务就是引领人类未来的发展之路，就像数百年来一样！那些不理解我们的人，我们是不会抛弃他们的，他们需要我们的帮助！为了我们的骨头！干杯！"

大厅里洋溢着兴奋的干杯声，亨廷顿爵士几乎就要陶醉在自己的演讲里了。

可是那个声音瓮声瓮气的合作方客人竟然当着政府代表的面说出了那样扫兴的话！理查德参议员听到这话更是怒上心头，会议还没结束就不告而别了。

"希望你们不要忘记了自己客人的身份。"亨廷顿爵士有些不快地对台下说。他虽然心里对于客人的说法表示认同，但他实在不想让组织与政府之间因此而产生不快。

经过与客人的大量磋商，最终对方还是答应，可以先把质能转换器交付基金会保管，但转换器的技术参数要等到他们返回月球基地以后才能提供。

无论如何，质能转换器八号终于能够顺利地交付了。消息传来，亨廷顿爵士总算是松了一口气。可他的屁股还没有坐热，就又听到了质能转换器失踪的消息！

获悉此事的客人们非常着急而不满，他们很快就登门前来质问。眼看着双方几十年的合作关系就此陷入了僵局，这让亨廷顿爵士感到忧心忡忡。情况非常清楚，只有找到那个质能转换器，政府方面才会满意，未来双方的合作关系才有可能维系下去，组织本身在科技领域的优先利益才能够得以保证。

出了这样一桩烦心事，亨廷顿爵士心情十分郁闷。此刻，他陷在宽大的仿路易十四时期的皮质沙发靠椅上。透过手中酒杯里的殷红，看着眼前云层里飘落下的雨滴，亨廷顿爵士陷入了沉思。

十九

家明回到了公司,迎面正好遇见陈雄。陈雄拍着他的肩膀,关切地对他说:"家明呀,你现在脸色很差,我很担心你的身体状况。你可以在家里陪着母亲,顺便休息一段时间,公司里的事情你可以先让小郑他们顶一顶嘛!"

家明感谢了陈雄的关心,心里想着要尽快把实验数据整理好,早日设计出新机型,获得客户的投资。家明有公司百分之八的技术股份,一旦获得投资款,业绩有了大的起色,那么家明的人生就会有一番不同的景象了。

家明还记得第一次领年终奖金时心里的高兴劲,他回家后和春玲两个人在一起憧憬他们未来生活,说有几个愿望自己想要实现:一是生两个可爱的儿女,二是给春玲一个巨大的花园,三是接母亲到上海来享福。两个人笑得很欢,那情景就如同发生在昨天一样。

忙碌了一个早上的春玲中午吃饭时收到了家明发的信息,心头的一块石头算是放下来了,眼前的外语书也忽然能看懂了。

春玲还在上学时就已经注意到,很多国家都出现了护理专业人才紧缺的新闻。"未来我没准还可以凭借手艺和家明一起移民呢！"春玲有时会产生这样的憧憬，便会更努力地督促自己认真学外语。她是怎么也想不到，学好外语既能提升自己过上好日子的机会，在未来还会救自己一命！

家明一直没闲下来。花了整整一个下午对所有的数据和实验材料进行仔细梳理，他终于为原型机中出现的软硬件不协调的问题，找到了初步的解决方案。

他看了看时间，已经过了下班的点，办公室的其他同事早就下班回去了。家明给姐姐打了个电话。听姐姐说，母亲的状况今天有了明显的好转，家明不禁松了一口气，看来母亲这边的病情可以放心交给医院处理了。挂了电话，他发现自己的肚子有点饿了，便又给春玲发了条信息，约在家门口的一家湘菜馆吃晚饭，春玲也很快回了信息。

下班高峰期虽然已经过去，但车厢里还是有点拥挤。家明靠在门边，看着身边周围略显疲惫的男男女女，忍不住又想起了金属盒子。

"如果能够把人类缩小，这个地铁现在就一定会变得很宽敞吧！如果人都缩小了，那么我们住的也就不会再这样拥挤了，那么房子也一定很便宜了。"家明心里默默地念叨着，他忍不住又想："究竟该不该把这个黑盒子的秘密告诉春玲呢？"

快要到站时，家明不经意间透过车窗瞥见地铁的站台上有两个不寻常的身影，看身形和肤色有点像外国人。在这么暗的地方,他们还都戴着墨镜。"老外有的时候确实和我们不太一样!"家明心想。

夜色下的上海街头灯火通明,家明透过地铁车窗向外望去,看到层层叠叠的楼宇和上下窜动的高架道路,忙忙碌碌的车流与人潮穿行其间。看起来这是一个普通的夏夜,可谁又能够料到,危险已经在慢慢向家明靠近。

那两个奇怪的人正是探索者基金会海外办事处的成员!

一周之前,探索者联盟线人提供情报,与丢失的质能转换器相关的那批货物分别被卸在了环太平洋的六个港口城市。他们立刻在全球搜寻过滤各种信息,质能转换器辐射残留物的分析样本,让他们将最终将目标锁定在上海。现在,探索者联盟的首要任务就是尽快取回质能转换器,并防止相关的秘密被组织以外的人发现。他们甚至告知外勤人员,如果质能转换器的秘密被任何第三人发现,就一定要斩草除根,以防后患。

亨廷顿爵士在获悉质能转换器八号的下落以后,马上通知了客人。客人们很快就到了办公室。没过多久,大厦的保安就看到,刚刚的两个客人急匆匆地离开了办公室。他们身后传来亨廷顿爵士气急败坏的咆哮:"我这样帮你们,你们竟然还认为我做得过分?!不要忘记了你们客人的身份!"

原来,亨廷顿爵士和来访的客人之间就质能转换器被找到之后的处理意见有重大分歧。亨廷顿爵士认为,如果在找回质能转换器的过程中,有人偶然知道了这件物品的秘密功能,就必须要进行清理;但客人们完全不能认同这种观点,他们认为，绝对不能因为这件事情而伤害无辜，无论是谁的生命，都应当是被尊重的。

"不要和我谈这些大道理！"客人们走后很久，亨廷顿爵士依然感到很恼火，他自言自语道："我也不想出现这么极端的情况！可如果不是当初你们这些家伙迟迟不把转换器和技术移交给我们，会出现现在这种应对方案吗！"

二十

纽约的白天依旧阴雨绵绵,地球的另一边已是夜晚,月色又将上海轻轻包裹。

家明到湘菜馆时,春玲已经坐在里面了。看到家明因为奔波劳累的憔悴面容,春玲很是心疼。年轻人固然应当努力工作,但也该尽情享受青春。可是作为在上海打拼的外地人,本来一无所有的家明与春玲需要付出更多的代价,才有可能在未来获得更好的生活。

可未来就像小区水池里喂养的观赏鱼,谁又真的笃定自己能抓住它们呢?

他们点了几个可口小菜,春玲特地要了一瓶啤酒,给家明倒了一杯,给自己倒了一杯,举杯对着家明说:"希望你老妈早日康复!"随即便一口气喝干了杯子。家明看着春玲一饮而尽,忍不住握住了她的手,温柔地说:"春玲,这次真的对不起了!"

听到这句话,春玲忽然感觉自己的眼睛进了沙子。是啊,这次家明母亲的事情客观上确实让他们离拥有自己房子的计划又远了一步。出门时,刚才小区门口的售楼人员还在春玲面前嚷嚷着房价还要涨。但当自己的爱人就坐在自己面前时,也不忍心再说什么了,她只是又喝了一口自己杯里的啤酒,笑着说:"没有关系,反正咱们还年轻!我们会住上大房子的!"这个倔强的女孩一直没有忘记自己的愿景,"而且是有花园的那种!"

家明看着春玲,忽然眼前一亮。他认真地说:"春玲,我现在就给你一个带花园的大房子!"春玲看着家明认真的样子,忍不住笑了出来:"你这个傻瓜,想把自己卖了?"停了一会儿,看着家明那呆呆的模样,春玲又拍了拍家明的头:"好!把我们两个一起卖了,再去买个带花园的大房子!"

家明没有多说什么,他抓起春玲的手,盯着她的眼睛再次认真地说:"春玲,我们现在就回去,我现在就能给你一个大房子!"春玲愣愣地看了家明一眼,说:"好,我们这就回去,睡着了什么都有了!"她挽着家明的胳膊走出了饭店。

樟树的芬芳气息更加浓郁了。孩子们在街道上嬉戏打闹,街边各种小店橱窗里的灯光洒在两个年轻人身上,他们的脸上洋溢着一点点幸福。即使这种幸福只是一点点,依然能够照亮他们的心灵。

路灯下,一个微微醉意的年轻人对着他身边的女孩说:"你等等,我这就给你把带花园的大房子变出来。"

与此同时,在三万米的高空,一个奇怪的喇叭口状的卫星似的物体,正在快速掠过上海的天空。它好像液体一般在不断地变换着形状。它与人造卫星最大的不同在于,它的运动轨迹似乎完全不符合空气动力学原理。这显然是一个远远超出人类现有科技水平的探测装置。而它的操控端，在离上海一万多公里以外的美国亚利桑那州某个废弃的小镇。

一望无际的干旱沙漠的腹地，坍塌的建筑和随风乱舞的垃圾，在空无一人的荒凉街道上构成了一道独特的景观。在这片不毛之地的地下五百米深处，却有一个隐秘的场所。那是一间完全由金属构筑的封闭的地下室，狭小的空间里闪烁着幽暗的光芒；在它内部呈圆弧形的四壁上，布满了错综复杂的管线，和十几面各种尺寸的屏幕。

地下室内部布置得相当简单，只有几只宽大的皮质沙发，一个木制旧茶几，几张书桌台。从表面粗糙的裂纹来看，这些家具已经有年头了。真正令人惊异的是悬浮在茶几上的全息投影星区图，图像中心显示的是巨大而绚烂的银河系，此时它正在缓缓地旋转。在这个银河系全息图像的深处，似乎还有些忽明忽暗的星辰在闪烁着不同的微光。

超现实和古旧就这样融合在了这间埋藏在沙漠深处的小小地下室里，令人觉得离奇而诡异。

"应该已经发现质能转换器上同步的脉冲信号源了吧！"沙发上坐着一个老人，看着屏幕问道。

"是的，长老！我把质能转换器悄悄带走的时候，就给它加了定位器。当初就是为了防止这帮贪婪的家伙索要这项技术，我把它藏了起来，现在我很后悔把它演示给这帮家伙看。长老，这一切都怪我！"角落里传来一个女孩子清脆的声音。

"这不怪你，孩子！"老人安慰道，"作为客人，我们也是根据约定去展示的，你并没有错！问题还是在于他们自己的贪婪和狂妄！孩子，你做得很对！"

对话的两人正是来自柯昂星的俾乌长老和他的巡航员尼娅，他们正在商量如何找回黑盒子的问题。在柯昂星，这个神秘的黑色金属盒子叫质能转换器八号。

这个狭小的地下密闭空间，是在太阳系避难的柯昂人与散落在银河系的同胞进行联络的一个据点。柯昂星遭到塞林人侵占以来，柯昂人一直在银河系流浪。

在过去，塞林星是属于柯昂人的殖民地。随着塞林人逐渐构筑了自己的文明，他们逐渐脱离了柯昂人的控制，实现了独立。在经历了上千年的各自独立发展以后，这对兄弟种族最终成为互相怀有敌意的对手。在一百年前，塞林人主动发起了星际战争，并很快全面占领了柯昂星。

从柯昂星撤退以后，俾乌长老和他的团队跨越小半个银河系，最终来到了太阳系。经过考察，他们挑选月球作为柯昂人的临时基地。俾乌长老希望能够在银河系这个安静的角落里慢慢地和其他柯昂人进行联络，谋求回归柯昂星。

柯昂人早就了解到人类的存在，但他们一直尽可能地不去打扰人类。"我们是这个星球的客人，我们不应当让这个星球的生物感到不安。"俾乌长老常常这样对族人说。在一次的例行巡航过程中，飞行器出了故障，俾乌长老和几个飞行员坠入一片荒漠之中。眼看就要陷入绝境时，他们被一支考察队发现并救了下来。

柯昂人有一条金律，那就是"必须满足你的恩人"。作为对那次事故救援的报答，人类政府获得了柯昂人在技术领域的帮助。由于柯昂人的慷慨，一度陷入停滞的科学技术又获得了一次大发展。但很快俾乌长老就发现了人类的贪婪。为了生存下去，俾乌长老不得不一次次满足人类的要求，让柯昂人的月球基地得以继续运行。

但最近，情报显示塞林人正在向太阳系快速逼近，地球即将面临外星文明的巨大威胁。俾乌长老开始坐不住了。

家明手上的黑色金属盒子，也就是质能转换器八号，就是在不久前例行会议上无意中被展示出来的。它一被展示出来，俾乌长老就从在场人员贪婪的眼神里看到，人类现在还不足以被信任到可以将转换器交给他们的地步。

经过一段时间的周旋，俾乌长老表面上同意了亨廷顿爵士的请求，答应先将质能转换器暂时交给探索者联盟保管，自己会在返回月球基地以后，将转换器的设计参数、使用手册等数据整理出来，在恰当的时候也一并移交。

俾乌长老趁人类取得转换器后放松警惕的间隙，偷偷让巡航员尼娅将转换器的定位系统开启，将它调了个包。为了掩人耳目，尼娅将质能转换器藏到了纽约港的一艘待发的货船上。当时，陈雄的公司进口的3D打印原型机正要装船，她就顺手将转换器藏到了放置原型机的舱壁里。

尼娅完成任务后，俾乌长老便静等亨廷顿爵士那边的消息。没过多久亨廷顿爵士就联系了他。俾乌长老应邀前往亨廷顿爵士的办公室，亨廷顿爵士眉头紧锁，沮丧地告诉他，质能转换器在取走后不久就莫名其妙不见了。对善良的柯昂人来讲，如何不破坏"必须满足你的恩人"的金科玉律，又不会引发技术滥用导致的不良后果，实在是一件艰难的任务。而俾乌长老本以为自己的安排是个万无一失的计划，他万万没想到，这个计划意外开启了万里之外两个中国年轻人新的命运之旅。

二十一

柯昂人的地下通信联络中心入口处就在废弃小镇的边缘。小镇还留有不少美国淘金时代的痕迹。破旧的加油站边几乎塌掉一半的小超市是入口的外部掩护。入口处还停了一辆破旧的老式野马跑车，车身布满了灰尘和锈迹，连轮子都少了一只。站在这里的人永远不会意识到，一个巨大的秘密就在他们的脚下。

"尼娅，告诉你一个不好的消息：可以确定，塞林人已经混入了地球，而且就潜伏在亨廷顿爵士他们的组织里。"

"我早就料到迟早会有这么一天的！我们一定要给他们点颜色看看！长老，我们的技术比他们要先进，在这种单打独斗的场合，我们未必会败给他们！"

俾鸟长老看着怒气冲冲的尼娅，缓缓说道："另外，我还要告诉你，亨廷顿爵士的手下已经发现了转换器的大致位置，出发去找了。"

"这么快！"尼娅显得既惊讶又疑惑，"长老，这究竟是怎么一回事？难道他们也有定位系统？他们也能启动跟踪代码吗？"

"不是这样的,他们还没有这种能力。"俾乌长老有些伤感地说,"我们现在还需要他们的帮助。孩子,没有他们,我们就永远回不了家了!"

"是长老你?"尼娅的眼神里透露出一丝失望。

俾乌长老沉默了一会儿,算是默认了尼娅的猜测。"根据记录,质能转换器已经启动两次了,而且是无密码机械式启动。这是一个好消息,说明塞林人并没有发现它;但我们并不知道发现它的生物是好是坏。如果被亨廷顿爵士知道的话,无辜的人就必定会受到牵连,别忘了,亨廷顿爵士领导的组织肯定要清理知道这些秘密的人的。"

俾乌长老叹了口气。"孩子,我们的敌人塞林人正在逼近,他们一定也想找到转换器。至于亨廷顿爵士这边,我们不能太早得罪他们,也不能把这项技术交给他们,目前只能先拖住他们。"

"长老,那你的意思是?"

"是这样的,孩子。"俾乌长老缓缓说道,"我们不能让塞林人找到转换器,也不能让无辜者受到牵连。亨廷顿爵士那边,我们给他一个合适的理由,让他们相信,是我们把被他们弄丢的东西找回来的。以我对人类的了解,他们在这种情况下,短期内是不会向我们寻求技术授权的。"

俾乌长老顿了一下,接着说道:"所以孩子,现在要辛苦你去跑一趟了。记住,尽量不要让其他人类发现我们的存在,我们在这个星球并不受欢迎,即使是亨廷顿爵士那些人,也是因为利益才愿意保守我们的秘密。他们在本质上其实只是把我们当成难民来对待的。"说到这里，俾乌长老的声音慢慢低沉下去。

"好的长老，您放心，我这就去调查一下情况！"尼娅刚要起身出发，像是突然想到了什么，转身问俾乌长老："长老，您还有什么要交代的吗？"

俾乌长老想了想，拿起尼娅的手，从挂在身上的袋子里摸出一只像怀表的仪器，放了上去："塞林人现在还不想在亨廷顿爵士面前暴露自己的真实身份，但他们的势力渗透进人类中也不是一天两天了。孩子，这次的任务会有危险，这个时空转换仪你随身带着，以防有什么意外发生。"

"那长老您呢？"尼娅知道目前通信联络中心只有这一个时空转换仪，价值重大。俾乌长老笑着说："我就一直待在这里，哪里也不去，基地这两天就会来人了。孩子，你尽管去吧，我们保持联络就行！"

看到尼娅显得有些迟疑，俾乌长老认真地叮嘱她："孩子，记住！我们柯昂人要保护那些因为我们的过错而处于危险中的人！"

尼娅的身影消失在甬道尽头。房间里又恢复了平静，只有俾乌长老微微的喘息声回荡着。

此时，亚利桑那州的地面气温超过了四十摄氏度。骄阳似火，把土地烤得冒烟。一个身着黑色皮夹克的金发女郎随着一阵烟雾，出现在破败的加油站前。她似乎并不在意这里的炎热,她戴着一副镶着金属边的太阳眼镜,紧身牛仔裤更显得她身材颀长。女子昂起头扫视了一下四周,湛蓝的天空将她映衬得秀美而有力。

周围显然没有任何人类活动的迹象,连沙漠里的毒虫此时也正在睡午觉。年轻女子从牛仔裤口袋里掏出一个棱体小物件,在野马车边晃动了一下,随即就听到轻微的"砰"的一声,在整个车体的四周立即产生了强大的扰动力场,力场瞬间就将年轻女子和车子包裹起来。

随着一阵淡淡的雾气在扰动力场的四周消散殆尽,小镇边缘突然出现了一台芒果形状的飞船,外部通体呈现出流动的玻璃态。年轻女子从它的下部轻轻一跃,就钻了进去。随着轻微的鸣叫,这台设备如同跳动着的麻雀一般腾空而起,地球引力似乎在这个时候消失了,这个亮闪闪的设备很快就消失在了半空中。液态表面所折射出的阳光让它在半空中如同一颗耀眼的明星,尽管闪亮也只是在短暂的一瞬间。尼娅和她的轻型穿梭机以抛物线角度迅速切入了地球的大气圈层。

万米高空中,一架巨大的洲际喷气式客机正处在自动驾驶的状态。这趟漫长的旅程让机长显得很是疲倦,他忍不住喝了一口伏特加解乏。他抬起头来向前方眺望,忽然注意到一个巨大的物体从机头上方一闪而过。

"哦,天哪!我想我们是见到陨石了!"机长吃了一惊,他赶紧叫醒身边昏昏欲睡的副驾驶,激动地说:"基洛夫,你知道吗,刚才从我们的头顶掠过了一颗陨石!我们应该庆幸我们的运气！基洛夫，这可才是你做副驾驶的第一天呀！"

副驾驶员似乎还没有完全清醒，他接过了机长递过来的伏特加，迷迷糊糊喝上了一大口，耳边只听见机长大人一遍遍地念叨："上帝保佑！上帝保佑！"

掠过客机上方后不久，尼娅降低了小型穿梭机的运行速度，最后盘旋在上海的上空。

二十二

家明与春玲此时正走在回家的路上。

虽然他们还没有钱买房子,但能让他们俩在一起的地方就是家,对许多人来说,他们的房子顶多是个睡觉的地方。一个人哪怕能够独自拥有一整颗星球,但没有其他人与之分享欢乐,分担忧愁,那所有的一切也只能是无止境的孤寂荒漠。家明和春玲不仅有家,他们相互之间还有爱,有彼此。

进门后,家明刚想躺倒在沙发上,忽然想到了什么重要的事情,他轻轻地扶住春玲的双肩,冲着她嘿嘿傻笑了起来。春玲怔怔地盯着家明,像是忽然猜到了他的心思,故意侧过脸斜眼看着他说:"你要干什么呀?"家明用手指头点了一下春玲的额头,眨了眨眼睛:"春玲,我说过,今天就要给你一个带花园的大房子,就是现在!"

"你别闹了!"春玲伸了个懒腰,懒洋洋地说:"今天忙了一天,人都累死了。你是不是累傻了?要不我们早点休息吧,明天还要上班呢!"

家明捏了一下春玲的耳朵,温柔地说:"没事的,一会儿就好。亲爱的,过来,跟我来!"家明牵着春玲的手走到客厅的壁橱跟前。他又想起了什么,走回门口,把玄关台子上的几盆绿植拿了过来,弯腰放到春玲的脚边。

春玲看着家明忙碌的样子,忍不住笑了起来。她歪着脑袋冲着家明说:"你这家伙,到底葫芦里卖的什么药?"

家明看了看春玲,这个女孩和三年前他们初遇的时候一样可爱俏皮。他只觉得心里一热,摸了摸春玲的脑袋说:"为你准备大花园呀!"

春玲还没来得及开口,家明又接着说:"还有大房子,特别大的房子!"说完便打开了面前的壁橱。春玲一眼看到里面的金属盒子,忽然有些紧张:"家明,我正想问你呢,这是个什么东西呀?为什么要放在这里?"

家明没有马上回答,他走到窗户边,把窗帘放下来,随后又把家里的灯全部关上,只留下头顶的一盏灯。做完这一切,家明走到春玲身边,看着她的眼睛认真地说:"春玲,我有一盏阿拉丁神灯,马上就能让你见证奇迹!"春玲有点疑惑地看着家明,他看起来不像是在开玩笑的样子。

家明小心翼翼地把黑盒子从橱柜里搬到地毯上。春玲依着家明坐了下来。不大的客厅里,此时只有他们头顶上那个纸灯笼式样的吊灯散发着黄色的光晕。

"春玲,相信我,我这就送给你带花园的大房子!"春玲怔怔地看着家明,虽然不知道他究竟在说些什么,但还是微笑着冲他点了点头。

家明从地板上抄起一把螺丝刀,熟练地把尖端抵住黑色盒子右边的第二个小孔。他扭头看了一眼春玲，自信满满地说："春玲，现在你就要见证奇迹了！"家明闭上眼睛，把螺丝刀的刀尖轻轻按了下去。

春玲眼前一道白色强光闪过，她感到眼前一阵眩晕，腰几乎支撑不住，差点就要向身后倒了过去。等她反应过来，只觉得自己的整个身体都有些不对劲，刚才的那道强烈的光线就像照相机的闪光灯一样，刺得她在很长一段时间内都睁不开眼睛。

"家明！你在弄什么呢？"春玲终于缓过劲来，她闭着眼呼唤家明："家明，你在哪儿呢？啊！这是在哪里呀！家明！这是什么呀！"家明没有回应。春玲只好闭着眼咬着牙默默等着。随着春玲慢慢恢复平静，她鼓起勇气慢慢睁开了眼睛。呈现在她眼前的是一个超乎她想象的世界！

"春玲！"听到身后家明的声音，春玲一转身就扑到了他的怀里。家明看着她微笑着："不要怕，我在这呢，啊。"家明看着春玲的眼睛，开心地说："春玲，我们现在有了带花园的大房子了！这可是货真价实的大房子！"

春玲向四周看去，刚才头顶上散发着淡黄色光线的纸灯笼现在就如同一轮巨大的明月悬挂在半空，长沙发成了一眼望不到头的红色山冈；原来脚边上的几个小盆栽，现在就像沙漠中的胡杨林，在米黄色的地毯上构成了一道静谧的风景。淡黄色的灯光透过绿植，就如同月光穿过了树林，洒落在两个人身上。

晚风习习，吹动了月光；月光流泻，穿透了树林；树影婆娑，沙沙作响。此刻，眼前的这一切都像是在祝福着这对幸福的人儿。这对年轻的男女，现在有了自己的带花园的大房子，在这座大都市里，他们终于"实现"了青春的梦想。

家明和春玲四目相对，两个人一时间什么话也没有说。最后还是春玲打破了寂静，她悄声地说："我们现在这是做梦吗？"她眯着眼睛抬起头看着那淡淡的黄色光线，显得眉毛更细更长了。

家明看着春玲，轻轻用手捏了一下她小巧的鼻子，有些神秘地说："这是一个秘密，这不是做梦。"他们找了个地方坐下来，家明一五一十地把这几天发生的神奇事件告诉了春玲。春玲不断地张大了嘴，脸上不时出现惊愕的样子。家明一边抚摸着她的头发，一边诉说着事情的经过以及自己的各种分析与猜测。

"这么说，你认为这不是属于人类的东西？"听完家明的遭遇，春玲有些呆呆地看着他的眼睛，轻声地问道。

"是啊！根据我所了解的资讯，这种转换技术的原理目前根本还无法归类，以人类目前的科技水平，也根本无法实现这种变化。我可以确定，地球人类的科技即使再过一千年也不一定能够揭开这样的谜团，除非量子理论方面出现重大突破！"

说完，家明拉着春玲的手站了起来："走，带你去看看这个大别墅！"两个人手牵着手，漫步在这个巨大而空旷的房间里。

恰如家明曾经的感觉，春玲也对自己身体变小以后的空间产生了巨大的兴趣。眼前的一切都既熟悉又陌生。慢慢适应新环境后，春玲开始变得放松起来，房间里时不时传来她清脆的笑声。

春玲嘴里哼着歌，忽然眼前一黑，身体一下没站稳，差点摔倒；待到刚要跌倒在地面上的时候，她发觉自己的身体在急速地远离地面，同时出现了失重的感觉；恢复平衡的时候，春玲发现自己已经和往常一样，身体靠在了洗手间的门口，面前是恢复了正常尺寸的马桶，身边站着一个熟悉的身影，正是家明！

春玲一下子扑到在家明的怀里："家明，我们有大房子了！刚才不会是做梦吧！"

家明抚摸着春玲的头说："我们当然不是在做梦！小傻瓜，这一切都是真的！"

春玲抬起头来怔怔地看着家明，忽然"哇"的一声哭了出来。她狠狠地用力咬住了家明的胳膊，用含糊的声音嗔怪道："你坏！你坏！都是你欺负我！"

在距离地面三十公里的空间轨道上，一个小型穿梭机此时正静悄悄停驻着。在闪亮的球体内部，全像显示屏幕上的一行数值曲线忽然抖动了一下，驾驶座上的年轻女子看着这组数值曲线皱了皱眉头，她迅速调整了一下操控杆的角度，试图对扫描过程进行校正。

这是一个初夏的夜晚，凉风习习，樟树飘香。对于这座都市里的人们来说，这只是一个平常的夜晚；而对于年轻的家明与春玲来讲，这是一个美妙而神奇的夜晚；对于那些为了各自的利益在背后角逐的各种势力来讲，则是一个不眠之夜。

二十三

亨廷顿爵士此刻坐在他豪华而舒适的椅子上,一边摆弄着手中粗大的雪茄烟,一边皱着眉头盯着面前巨大的落地窗。他的脚下,就是纽约曼哈顿繁华的大街小巷。向下俯瞰,近处是川流不息的人潮与车流,远处就是那高举火炬的自由女神像了。今天的天气并不好,举世瞩目的女神在云雾缭绕里若隐若现。

"解决眼下问题的办法也是若隐若现啊!"亨廷顿爵士轻轻叹了一口气,他不由得想到了自己年轻的时候。看了看自己手上的哈瓦那雪茄,亨廷顿爵士心想:"那个时候我可不会抽什么雪茄!"他的耳边似乎又传来了约翰·列侬略带悲怆的吟唱声。

作为年轻而富有才华的科学家,亨廷顿还在攻读博士时便被吸收进了神圣探索者联盟。已经过去几十年了,但是直到现在,他还清晰地记得,当时组织的联络人一本正经地问他:"你相信外星人的存在吗?"衣衫不整的年轻博士笑着回答:"一切皆有可能!"自那时候起,他就成为组织的一员。在之后的研究过程中,他接触到大量的绝密资料,让原本打算如普通科研人员那样在实验室里度过一生的亨廷顿博士,走上了一条完全不同的人生道路。也是在组织里,年轻的亨廷顿博士一步步晋升,现在已成为亨廷顿爵士,并把自己研究的视野从小小的太阳系投向了广袤的银河系!

"在遥远的银河系深处,真的有高度发达的外星文明,而且还是几个不同的外星文明!"至今亨廷顿爵士还记得,自己第一次亲眼看见柯昂人那离奇的科学技术时,他张得大大的嘴巴甚至有点麻了。

虽然有浓厚的种族意识,但亨廷顿爵士本质上还是一个科学家,他所有关于种族的理解更多是站在整体文化的角度。所以,对那些狂热的没有科学背景的种族主义者来讲,亨廷顿爵士可谓是一个理性而讨厌的科学种族主义者。

经过几十年在组织里与神秘的外星文明的接触,亨廷顿爵士内心深处又经常会陷入虚无状态,他对世界的态度虚无而乐观,就如同他喜欢常常挂在嘴边的那句话:"宇宙太大了,超乎我们的想象!你根本没办法理解其中的奥秘!但是,你总归会有办法去适应的!"

可是眼下,那个丢失的质能转换器八号却让生性乐观的亨廷顿爵士伤透了脑筋。柯昂人俾乌长老确实是把转换器交给了自己的手下,并按照承诺去准备相关的技术数据。可是手下却在交接后把东西给弄丢了,这真让人异常尴尬!本来客人们就不太情愿交付这些东西,那可是经过他软磨硬泡才答应的,可偏偏就在对方打算帮助组织揭开这些技术秘密的时候,手下的人犯了这样的大错。

"真是愚蠢!"亨廷顿爵士想到这里心里就忍不住咒骂,"组织真的不应该把如此重要的事情交给那些个冒失的家伙!"他狠狠地吸了一口手上的雪茄,心里想:"今后所有的事务都应该让真正的科学家来主导,而不是那些粗鲁的恶棍!"

然而眼下的这种情况让亨廷顿爵士发现,柯昂的客人与自己的想法并不一样。昨天那次短暂而不愉快的见面证明,柯昂人一定不会同意组织斩草除根的办事风格。可即便是找到了质能转换器八号又能怎样呢?根据组织与客人打交道的惯例,这个质能转换器八号的所有技术参数,今后一段时间内恐怕是很难获得了!

"一次巨大的损失!"亨廷顿爵士想到这里,又想破口大骂一番,他看着吐出的烟雾慢慢地在自己的眼前盘旋,忽然转念一想:"这次质能转换器的丢失,该不会是那个老俾乌搞的鬼吧!"不过,怀疑归怀疑,他的当务之急,还是得先找到质能转换器。

亨廷顿爵士突然想起,那次有政府代表参加的组织会议上,当这个神奇的转换器展示出来时,那个理查德参议员的眼睛里冒出的贪婪。那种贪婪在帕里斯见到海伦的时候出现过,在大流士站在黑海的岸边时出现过,在麦哲伦面对着印加王的黄金宝藏时出现过。

作为一名科学家,亨廷顿爵士为了组织的长远发展,其实并不愿意过多地接触这些超越人类理解的东西,更多的是把它们限定在有限的研究范围之内。但是,在那天的会议上亨廷顿爵士发现,理查德参议员好像对那玩意儿表现出了志在必得的态度。

"尊敬的爵士,这可是最好的武器,无论如何我们得把它弄到手!"参议员刺耳的北方口音一直回荡在亨廷顿爵士的耳边。这个理查德参议员可不是一个好惹的家伙,他的家族也是组织的金主,他的家族成员一直都有人身处组织核心层。据说,年轻气盛的理查德参议员还有竞选下一任总统的雄心。

"唉!"亨廷顿爵士想到这些忍不住叹了一口气,面对一堆棘手的麻烦事,他似乎头一次感到了自己的衰老。

就在这时,门卫传来了一个信息,说有一位琼斯先生按照先前的约定到访。

"神通广大的琼斯侦探来了!"亨廷顿爵士心里暗暗想道。最近,由于他急于处理转换器丢失事件,便通过一些关系找到了琼斯侦探。据说这个人很有两下子,但在亨廷顿爵士看来,现在的情况其实也只是死马当作活马医,他内心还是希望柯昂人最终能够配合组织的行动。毕竟,客人们的技术水平可是非凡卓绝的。

亨廷顿爵士是一个谨慎的人,当他感觉到这件事的蹊跷以后,就萌生了找一个侦探的念头。"凡事总是要有两手的准备,何况万一真是那个俾鸟在里面搞鬼呢?"

现在,他也不知道,自己找的那个琼斯侦探这么快地造访，到底带来的是好消息还是坏消息。

琼斯侦探出现了。这是个穿着体面的瘦高男人，人还没有进门，就听见他饱满的笑声。

"尊敬的亨廷顿爵士，我想我给你带来了你想要听到的消息！"琼斯侦探开门见山，进门就径直坐到了亨廷顿爵士对面的那张椅子上，悠闲地跷起了腿。

亨廷顿爵士很讨厌这种自来熟的人。上次这家伙居然还擅自带了个一脸阴郁的女助理到这里来。要知道，这可是探索者基金会主席的办公室！当时亨廷顿爵士的脸立马也阴沉了下去。看来这次琼斯侦探收敛了一些，这次他一个人过来了。

"尊敬的亨廷顿爵士，我可以享受一下这根雪茄吗？"琼斯侦探指了指摆在宽大的桌面上的巴拿马顶级雪茄烟。亨廷顿爵士歪了一下脑袋，面无表情地示意他自己动手。

"谢谢你！"琼斯侦探熟练地用雪茄剪切掉了雪茄的头部，点着后深深吸了一口，缓缓抬起头来看着亨廷顿爵士说："尊敬的爵士，你不会心痛吧！哈哈！我想我是配得上这支雪茄的。因为，我们已经找到了你要的东西的下落。"

"哦！"亨廷顿爵士抬起眼睛看了这个令他生厌的家伙一眼，摊开自己的双手，漫不经心地说："那倒是挺好，但是你确定没有搞错吧？"

"怎么会！"琼斯侦探像是忍不住要从椅子上跳起来，旋即又换了个姿势紧靠着椅背坐定下来，他盯着亨廷顿爵士的眼睛说："东西在中国的上海！"

"真的！"这下轮到亨廷顿爵士要从椅子上跳起来了，"琼斯先生，你确定吗？"

琼斯侦探从自己上衣口袋里掏出了一沓图片，放到了亨廷顿爵士面前。他用手指着其中的一张标有红点的地方："尊敬的爵士，你要的东西就在这里。"

亨廷顿爵士眼珠转了转，他盯着琼斯侦探问道："你们是怎么知道在这个地方的？"

"哦！我们有我们的渠道，这个我不太方便透露。但是东西确实就是在那里！"琼斯侦探的脸上流露出一丝得意。

"好吧！"亨廷顿爵士向宽大的沙发椅背上靠去，他耸了耸肩，抬起头来看着琼斯侦探说："琼斯先生，你们的任务完成了。照片我收下，钱今天就会到你的账上。"

"谢谢！尊敬的爵士！"琼斯侦探把手中的雪茄在烟缸里按灭，起身推开门扬长而去；房间里又剩下亨廷顿爵士一个人了。他仔细端详着那些照片，照片里面是一个年轻的中国男子，还有一些城市住宅区域和街道。"他们究竟是怎么弄到的呢？"亨廷顿爵士看着落地窗外川流不息的车辆与人潮，眉头紧锁，陷入了深深的思索。

"丁零零！"漂亮的古董电话机的铃声响了。亨廷顿爵士皱着眉头拿起了听筒。没过几秒钟，他的脸上露出一丝疲惫，嘴里喃喃地说："好吧！既然这样，那我们就按照原定的计划行动！"

二十四

  闪亮的小型穿梭机这两天一直静静停在地球轨道上空，尼娅继续对脚下的这座东方大都市进行扫描。所有的数据最终都指向了位于都市核心区域边缘的一个街区，根据数据还原成像后可以看出，那是一个带有浓厚中国特色的人口密集的居住区。

  为了尽可能避免被人类发现，尼娅使用了物质波搜寻技术，以避开所有的无线电频率。在柯昂星上，这是一种成熟的技术，但地球上密集的街道，参差的楼宇，嘈杂的人群，都对搜寻信号的工作产生了一些干扰。

  通过对跟踪仪里反馈数据的计算，尼娅最终确认，信号源是从居住区其中一个公寓的某个房间里发出的。同时她也很快地发现，根据质能转换器的动态参数显示，这台设备已经连续好几次机械式启动了，而且每次持续的时间也越来越长。

  因为几次启动，才放大了微乎其微的信号物质波源；但是也因为这样，增加了塞林人发现这台装置的可能性。尼娅将情况报告给万里之外的俾鸟长老时，她不禁也有点担心，不知道那个不知名的地球人究竟会对这台装置做些什么。

"虽说不能伤害这些无辜的地球人，但也要防止塞林人针对这个装置的阴谋！"尼娅看着面前屏幕上俾乌长老一脸愁容的样子，决定尽快开始行动。

自从柯昂人散落到银河系的深处以后，塞林人对那些掌握了技术秘密的柯昂人长老进行了地毯式搜寻。塞林人期望通过抓捕这些长老，实现自己在技术上的腾飞。在柯昂人看来，塞林人就如同自己的堂兄弟姐妹一样，只是从柯昂文明分出去的殖民文明，可是塞林人却不这么想。

早期艰苦的外星生存经历，让塞林人形成了受难者的历史观念。根据他们自己的历史记录的描述，塞林人的先祖是为了反抗柯昂人的暴政而不得已选择了星际逃亡的，这种观念最终让他们在文化上倾向于以暴制暴的古老信念，崇拜力量、专制成为塞林人的传统，并一直流传下来。

虽然塞林人对于先进的武器有着异常的偏好，但是，塞林人在科技发展领域却并非一帆风顺，尤其是在民用领域方面，塞林人依然还落后柯昂人一大截，最好的技术都掌握在柯昂人手中。直到几百年前，柯昂人的一个长老因为政治原因逃到塞林星以后，塞林人的科技水平才实现了腾飞。也就是从那时起，塞林人开始了解柯昂人的各种尖端技术，为此他们还专门成立了一个研究组织，希望能够进一步提升自身的科技力量。

相比塞林人的进步，柯昂人反而原地踏步甚至有些下滑。有传言说，长老会曾经有一个将技术封存的内部决议；也有说法称，柯昂人一些技术的发展已经到了骇人的地步，这让那些秉持和平主义的温和的柯昂人长老有些害怕。数百年以来，柯昂人再也没有发展出什么更尖端的技术。

而塞林人却在长达千年的殖民生涯中慢慢养成了一种凶悍、好斗的文化传统。他们没有家庭，完全采取一种残酷但却有效的集体制度，孩子们自小就在群体中竞争。所有人都崇尚暴力解决问题的机制。因此，在群体的性格上，他们与母文明的柯昂人早就分道扬镳了。当狂暴的塞林人在攻陷柯昂星的时候，他们几乎未曾遇到柯昂人真正有效的抵抗。

"哈哈，那些胆小鬼就像放烟花一样坐着飞船逃离了他们的星球！"塞林星联军司令米沙依在占领恢宏的柯昂议会大厅时曾大笑着说，"这种古老而软弱的文明必然会被我们伟大的塞林文明来代替！"

可是兴奋没过多久，占领了整个柯昂星球的塞林人就失望地发现，几乎所有柯昂人的先进技术都随着那些散入银河系的烟花而消失了，其中就有传说中的质能转换器八号。技术的流失让占领柯昂星胜利的意义大打折扣，整个事件看起来简直就像是柯昂人策划的一个阴谋！米沙依回想起攻占过程中那些无意抵抗的柯昂人，他们急匆匆地跳上飞船离开，似乎本身并不打算继续待在柯昂星上。塞林人最后接受的几乎是个技术的荒漠。米沙依心生疑虑，下令把柯昂人长老所携带的技术给弄回来。

塞林人通过一些星系间的渠道探听到柯昂人的俾乌长老来到太阳系驻扎了下来。而据最近一段时间可靠的消息，柯昂人已经渗透进了地球文明。在繁杂的情报分析中，米沙依似乎也嗅到了俾乌长老携带的质能转换器八号的信息，于是他也开始将塞林人的触角伸向了地球。

作为渴望技术的征服者，塞林人为了实现他们进一步的野心，立即采取了各种搜寻的措施，想要将质能转换器八号弄到手，而和平的柯昂人，在他们的根本计划没有实现之前，是绝对不允许在技术的封锁上有所闪失的。所以，当各种情报源源不断从银河系深处传到俾乌长老这里的时候，他已经很清楚自己要干些什么了。毕竟，当初整个柯昂星的沦陷可不能是白白的牺牲！

尼娅已经定位到了质能转换器的位置，下一步就是将这个装置收回到安全的地方。俾乌长老特别关照尼娅，这次的任务不能让塞林人知悉，也不能让亨廷顿爵士了解到详细的过程。当然，最为关键的是不能伤及无辜！

"我们柯昂人的古老传统是不能为了自己的利益而损害他人！"俾乌长老的声音一直回荡在尼娅耳边。柯昂人传统的要求显然增加了她这次任务的难度。

尼娅决定在今天傍晚之前，自己要将这件事情做个了结，因为随着时间的推移，不确定因素会越来越多。尼娅想在不惊动各方的情况下，悄悄地取走质能转换器。

只要一想到自己当时的冒失，尼娅就不由得责备起自己来，当时她根本没有想到会给俾乌长老引来这么多的麻烦。

俾乌长老如今正在慢慢衰老，而散落在银河系深处的柯昂人还没有着落，尼娅也不知道什么时候才能重新回归家园。

在月球基地的柯昂人对未来也充满了迷茫。前不久尼娅返回基地的时候，听说塞林人地球上的一些势力秘密勾结，这让尼娅很是担忧。她听俾乌长老说过，让塞林人占领柯昂星并不是完全的挫败，而是柯昂人的一个预定计划，但计划的内容和目的，俾乌长老又含糊其辞。

尼娅是多么怀念在柯昂星度过的童年岁月呀！那辽阔的草原，美妙的山峦，还有各种高耸云端的植物，平静的海面在两个蓝色月亮的辉映之下，泛着柔和的波光。柯昂星在尼娅的记忆里是祥和而温情的世界，可这一切都由于塞林人的入侵而烟消云散。在那个漆黑的夜晚，数以万计的飞船如同放射的礼花一样腾空而起，塞林人几乎没有受到任何有效的抵抗就占领了一颗美丽的星球。

"唉！"尼娅叹了一口气，她忍不住再次打量起眼前的这颗星球。这颗小小的行星的景致要比柯昂星差远了。它狭小而拥挤，地质活动频繁，污染无处不在。当然，它也拥有美丽的海洋与陆地，但是相比柯昂星的那种壮美，这里最高的喜马拉雅山只能算是一个小弟弟，遑论那些丰富多彩的高大植物了。更让人难以置信的是，它的卫星居然只有一个小小的月亮！"这里简直就是个小小的盆景。"尼娅自言自语道，"马上，我就要进入这个盆景了。"

二十五

最近春玲的心情特别好。

这是一个浮华的世界,但在每个女孩子的心底,都藏着一个浪漫而离奇的梦幻。这种梦幻可以是一次旅行,可以是一趟冒险,也可以是一场盛会,反正一定是与眼前的这个平庸的世界截然不同的充满想象力的世界!

春玲现在就是一个拥有那种浪漫的幸福女孩,她和自己爱的人共同保守着一个奇怪的秘密,这个秘密也是许多女孩从小就惦记的一个梦想。虽然女人的直觉让她一开始在内心深处还是有些不安,但是经过家明的分析与安慰,春玲又恢复了镇定。

她信赖这个言语不多,但是内心丰富的男人。她爱他!

家明和家里通了一个电话,姐姐告诉他,母亲的身体恢复得很快,脑部的肿块也迅速消退了;虽然不能排除过几年要依靠轮椅的风险,但目前算是安全了。这让家明长舒了一口气。

之后几天,家明全身心扑在了公司业务上。升级后的3D打印原型机在建筑材料的打印技术上实现了突破,目前已经能够从原理上解决大尺寸的建筑材料的打印问题了,接下来只要将实验数据生成模型，就能够进行全面量产的试验。

有了最新的数据，陈雄的底气也足了许多。他打算明天就去新加坡直接会见投资商，展示一下自己公司的大型建材打印技术，以获得预期的投资。离开公司前，陈雄拍着家明的肩膀说："年轻人，好好干！迟早我们会成为伟大的3D打印建筑商的！融资成功后，我们就可以上市，到时候你就是百万富翁了！你的别墅，就可以用我们自己的技术打印出来！"家明连声道谢。虽然陈雄精于算计，但是这个台湾人身上还是有一些不错的品质能够打动家明。

家明整个中午不知怎的，总是会想起陈雄说的那句打印别墅的话。他灵机一动，从数据库中调取了一个美式别墅的设计数据，做了一些调整，准备用3D打印机打印模型。

打印机操作界面上缓缓出现了填料的指令，家明迅速将进口的固态材料送入原型机舱口，随着指示灯开始闪烁，工作程序启动了。眼下进行的是为了采集数据而经过无数次修改调试后的作业流程，所以整个程序完成得相当顺利。很快，一个精致的两层美式别墅模型打印好了。

办公室里的其他几个人看见这个别墅模型，都觉得很是可爱。想到正好陈雄不在，家明便对郑强他们说："大家也辛苦这么长时间了，看看自己喜欢什么，就按照图纸打印一些东西，马上要过端午节了，你们也可以把打印出来的东西作为礼物送给别人"。

平时陈雄在的时候，他可是对这些进口的试验用材料看得很紧，大家虽然都想给自己打印些什么玩一玩，可是总找不到机会，现在有了家明的允许，一下子都来了劲。于兵马上问李琴："你想要什么？我给你打印！"

李琴撇了撇嘴。"切！我才不稀罕呢，要打我不会自己打印呀？"她扭头又问家明："何总，你为什么打印这个别墅呀？"

家明笑了笑说："虽然现在我买不起，但可以打印一个先过过瘾呀！"

郑强高兴地说："正好，我儿子在幼儿园特别喜欢搭积木，我今天也来给他打印一个别墅，那就是咱未来奋斗的方向呀！"于兵也开始嚷着要打印一架战斗机带给小外甥；李琴则希望打一辆超级跑车。整个下午，办公室里都充满了欢声笑语。

家明和春玲这几天用黑盒子玩了很多次缩小游戏，两个人对这个游戏有点儿上瘾。家明还发现了一个有趣的秘密，只要调整插孔里的刻度旋钮，身躯缩小的时间就会出现变化。他们试了几次后还发现，随着刻度的增加，缩小的时间可以从半小时一直延长到八个小时，为了实验最长的缩小时间，他们周二早上上班还迟到了。

这天下午，春玲在电话里听见家明一边嘿嘿傻笑，一边说希望她今天早点儿回家，说自己有礼物要送给她。春玲心想，一定和那个神奇的黑盒子有关，便和陈丽商量晚上换个班。看到陈丽老大不情愿的样子，春玲承诺过几天请她吃好好的来弥补。等电梯时，正好碰见赵玉成，他问春玲："小季，今晚值夜班吧，要不要咱们一起先去吃个晚饭？"

"哦！老赵呀！"春玲匆匆说道，"真不巧，今天正好家里临时有事，我刚和陈丽换了班，我现在就得回去了。改天吧，谢谢啦！"赵玉成抿了抿嘴，无奈地笑了笑，看着春玲冲他挥挥手走进了电梯。

长长的住院部走廊上只剩下赵玉成。夕阳透过走廊尽头的窗户把这个男人的影子拖得很长，他呆呆地立在那里，似乎听见耳边有个模模糊糊的声音传来："真是一件不幸的事情。"赵玉成愣了一下，他抬头向四周看，却发现只有几名护工聚在走廊上轻声聊着天。他摇了摇头，有点疑惑地走开了。

二十六

吃完晚饭回到家,春玲有些期待地问家明:"你又有什么好东西要给我看呀?"

家明神秘地笑了笑,打开客厅的灯,手指着客厅地毯,上面摆着一个一米多高的双层美式别墅模型。春玲疑惑地看了一眼家明,走上去仔细地看了看。

"好漂亮呀!这个模型做得实在是太精致了!"春玲惊叹道,"这些植物把这个房子变成大花园啦!每个房间里还有这么多摆设呢!"

春玲曾经痴迷过一段时间网上流行的手工造的小房子,但因为组装起来耗费时间太多,价格也不便宜,她只好放弃了这项爱好。今天,春玲看到家明弄的这堆小玩意儿,这勾起了她极大的兴趣,她忍不住抱住家明亲了又亲。

"喜欢吧?我们今晚就住到这里面!"家明深情地看着春玲的眼睛说道。春玲愣了一下,随即兴奋地跳了起来,高声笑道:"太好啦!"屋子里洋溢着欢快的气氛。一个来自不知何地的神秘金属盒子,竟然让两个在魔都奋斗的年轻人以另外一种方式实现了他们的梦想!

他们把窗户上的帘子拉上，将客厅纸灯笼的光线调到了昏暗状态。家明和春玲即将步入他们的梦幻家园。

与此同时，在远处一幢大厦楼顶上，有一个窈窕的身影端坐在晚风中。那个人正是尼娅。尼娅向下望去，在夜灯下熙熙攘攘的人群与川流不息的车流，好似小人国里的景象。尼娅叹了一口气，心想："可能我们大家都只是生活在一种不真实的状态里吧！这个星球的主人与我们这些客人各自掌握的技术不同，但烦恼都是一样的。"在她胡思乱想的时候，一束微弱的光线从她监视的那扇窗户里透了出来。

"不好！"尼娅警觉地看了一下四周。可是除了耳边传来的晚风，她的身边似乎并没有什么其他可疑的东西。"看来，得尽快下手了！"尼娅自言自语道。

这天早些时候，尼娅就发现了一个面目清秀的东方面孔的年轻人，当时他正在一家花店门口看架子上的盆栽。通过身上扫描仪的刻度计显示出的生物指标，她立即确定，自己面前的这个年轻人就是启动过质能转换器八号的人。

尼娅当时还凑过去仔细观察了一下这个年轻人：这是一个中等身材的年轻男子，和他的同类相似，人有点消瘦，看起来很和善。当时店里的人还误会了他们的关系，竟然冲着小伙子吆喝"你女朋友是外国人呀！小伙子有福气呀"之类的话。这个年轻人还有些羞涩地连连否认"不是不是"，并很有礼貌地对尼娅用英语道了歉。

"他应该不是什么坏人！"尼娅心里想，她笑着对小伙子点了下头便走开了。当扫描仪离开这个青年男子以后,刻度计的读数立刻恢复到了正常值。"肯定就是他!"尼娅心里更肯定了。

就在逛到街角时,尼娅看到两个带目镜的人也在这条街上东游西荡。虽然天气已经有些热了,但这两个人还是穿着正装,打着领带,在人群里显得有些扎眼。

"这里属于居住区,又没有什么办公楼,怎么会冒出来这两个人?"尼娅警觉起来,"幸好没有和他们走在一起,否则别人还以为我们是一伙儿的呢。"就在尼娅对这两个人的穿着有点好奇的时候,她冷不丁发觉,其中一个人偶尔会从手里抽出一根细长的金属竿。别人可能对这东西完全没有概念,尼娅却一眼认出了它。"这是小时候孩子们用的玩具探测器,专门在捉迷藏时用来探测生物感应的。"尼娅心想,"怎么这两个人会有这个东西?难道是……"她心里一惊,随即悄悄地跟在这两个人后面。

走着走着,尼娅发现他们走到了一家礼品店门口,停在那里不动了。过了一会儿,只见刚才那个年轻人从花店里走了出来,他随身还拎了满满一袋东西。

"糟了!"尼娅当时心里非常担心,"这一定是亨廷顿爵士的人!他们怎么会有这个东西?"

看着眼前那扇窗户外映出的微弱光芒,回过神来的尼娅再次担心起来。

随着刚刚那道强烈光线的闪耀,春玲下意识地闭上了自己的眼睛。经过最近这几次的变身,她已经习惯了眩晕的感觉。

听到家明的招呼声,春玲睁开了眼睛,眼前出现了一幢气派的美式别墅。与变身前俯视的效果截然不同,她现在面对的是一个真正的、有绿色植物环绕的大别墅!

家明冲着春玲点了点头,春玲笑着牵着他的手推开了别墅的大门,脸上洋溢着幸福的喜悦。大厅里空荡荡的,只摆放了一架白色的钢琴,四周都是书架。一楼有三个房间和一个大厨房,厨房里摆放着咖啡色的餐桌,餐桌上还有几只茶杯。通过装饰着小型绿植的楼梯可以走向二楼,正对着楼梯的是一个巨大的露台。春玲拉着家明走到露台上,发现还有一对摇椅摆在那里。

晚风习习,头顶上圆圆的纸灯笼此时如同月亮一般散发着淡淡的光晕,家明和春玲牵着手坐到摇椅上。空气中弥漫着一股淡淡的香味,那是摆在楼下角落里的栀子花的味道。四周是那样安静,这对幸福的人儿就这样坐在摇椅上轻轻晃动,他们眼里闪着光,像在憧憬多年以后两个人白发苍苍的样子。

"到那时,我们也要这样坐着摇椅慢慢地摇!"春玲看着身边的家明低声说。

"等我一下!"家明冲着春玲挤了挤眼睛,旋即跑下了楼梯。不一会,他拿着两个茶杯回来了。他递了一个杯子给春玲,举起杯子大声说:"干!"春玲抿了一口,开心得叫了起来:"原来这是真的白酒呀!哈哈哈!"

露台上充满了爱和喜悦。在这样一个不真实的地方,一切却又是那样的真实。

二十七

早上七点。上海慢慢从睡梦中醒来,整个城市逐渐沉浸在忙碌的轰鸣声中。值完夜班的陈丽也慢慢从办公室的靠椅上爬了起来。

"任何工作都是辛苦的。"脸上略显浮肿的陈丽心想,"如果自己真的没有那个男朋友,看来在魔都的生活还真的会很艰难。"她伸了个懒腰,享受着这片刻的安静时光。昨晚几个刚动完手术的病人让陈丽忙了好一阵子,现在她看着镜子里自己疲倦的面容,不禁自言自语道:"可能我真的应该早点儿结婚,那才算有个保障吧。"陈丽眼神有些呆滞,她歪倒在靠椅上,等着春玲来换班。

清晨是一座城市最有活力的时候。家明很喜欢看到这座城市充满生机的景象,看着满街赶去上学的学生,他不禁喃喃自语:"如果哪天我们也能送自己的孩子上学,那该多好呀!"家明常常说这话,每当这时,春玲便会冲他做个鬼脸,说:"等我们有了自己的房子,就生一个!不,生两个,我要生双胞胎!"

"现在我们有了自己的大别墅,也可以准备有自己的孩子啦！"春玲紧紧地挎着家明的手，笑着说："好！我们想什么时候要就什么时候要！"她停了一下，又娇嗔道："你这个白痴！我们得赶紧安排时间回去把婚礼给办了！"

明媚的阳光洒在两个年轻人的脸上。街道上商贩的叫卖声、儿童的嬉戏声，夹杂着各种车辆的噪声，这一切汇成了一首都市早间奏鸣曲。

在这对幸福的年轻人眼里，未来的一切都充满了希望！

吃完早餐，春玲就要赶着去上班。"你上班时间还早，慢慢吃，我得先走了。陈丽昨晚也累坏了，现在肯定正眼巴巴等着我呢，我得给她带点好吃的！"

"我们那个别墅的边上应该还有一些大的绿植，最好能够像大树那样。"她伸出手比画了一番，接着说道，"你待会儿有空的话去花店里看一看有没有合适的。我们今天早点儿回来，看看能不能在房间里弄点好吃的。"

家明看着一脸调皮的春玲，心中涌动出浓浓的暖意。他笑着回答道："好呀！公司暂时都走上正轨了，妈看病的钱今年是一定能够赚回来的。公司如果真的能够上市的话，那我们真正的大别墅也会有的！"

"不过你还是要小心点。"春玲皱起眉头，一脸严肃地看着家明说，"我总觉得关于那个黑盒子，还有很多我们不知道的东西，所以一定要保守秘密！"

"知道啦！"家明用手指轻轻弹了一下春玲的额头，笑着说道："女王陛下的吩咐我可是一定要听的！"春玲冲他眨眨眼睛，两个人同时露出会心的微笑。

春玲顺手打包了几只烧卖，便和家明匆匆地道了别，向着地铁站快步走去。家明目送着春玲的背影消失在人海中，也慢慢起身，朝着花店走了过去。

花店里新来了几棵很小的发财树，家明用手比画了一下，差不多正是春玲所希望的那种尺寸。"春玲这么喜欢绿色植物，我以后一定要给她一个真正的大花园！"家明一边寻思着，一边和老板讲着价钱。经过一番讨价还价，最后他买了四棵小小的发财树。

新买的小发财树沉甸甸地拎在家明的手上，他美滋滋地想，今天晚上，自己和春玲就能够享受坐落在一大片树林里的大别墅了。此时的家明，心里忍不住感到一丝得意。"其实，这样过也挺好的！"

命运有的时候会给人开一个很大的玩笑。对于力量弱小的个体来讲，这种玩笑往往会造成一个可怕的悲剧。

随着一阵尖锐的撞击声，一个正在过马路的青年男子如一片羽毛，轻飘飘地飞向了半空中，随即他的身体迅速地坠向了地面。在地上连续翻滚了几圈以后，这个年轻人停在了马路的边缘，他手上拎着的塑料袋里的几棵绿色植物散落了一地。与此同时，路边一辆黑色的没有牌照的小汽车飞驰而过，留下身后人群里爆发出的惊呼声。

路人手忙脚乱地围了过来，报警的报警，叫救护车的叫救护车，场面一度十分混乱。那辆肇事的黑色小汽车司机似乎对这里很熟悉,他灵活地拐过几条马路,很快就消失得无影无踪。

家明的躯体现在静静地躺在了马路上,他的耳边起初还有一些隐隐约约的轰隆声,但很快就什么也听不见了,眼前也陷入一片漆黑。那是一种没有视觉,没有嗅觉,没有任何知觉的完全的漆黑。

何家明年轻而鲜活的生命就这样定格在了二十七岁。他所有的梦想,所有的生活,所有的憧憬,所有的失落都在这一刻停止了。

自古以来每一个人类,无论他是高贵还是卑微,无论他是勇敢还是怯懦,无论他是名满天下还是默默无闻,都要面对自己注定的结局——死亡。现在,死亡就这样降临在家明的身上,让人猝不及防。

家明和春玲早上离开家后,一直监视他们的尼娅快速进入了他们的房间,并很快拿到了质能转换器八号。她正打算尽快将质能转换器送回俾乌长老那里,忽然发现街道上聚集了一堆拥挤的人群。尼娅有种不好的预感,她忍不住挤过人群,却看到了路边家明那已经失去生命力的单薄身躯。

眼前这个年轻的男子静悄悄地躺在地上,双眼紧闭,殷红的鲜血从头部流了出来,浸透了他身上的那件白色衬衣。这正是尼娅昨天见到的那个年轻人,而就在刚才,她才从这个年轻人的家里取回了质能转换器八号!

目睹这一惨状,尼娅感到十分痛心,她旋即转身挤出了人群。

自从昨晚,当尼娅在附近的楼顶上看到那窗户里一瞬间的闪光,她就已经意识到自己需要尽快采取行动。考虑到那两个戴墨镜的不速之客,尼娅更坚定了尽快出手的决心。

俾乌长老再三提醒她不要伤害到无辜的人,所以尼娅本打算在情况失控前就将质能转换器八号拿走,那样就不会牵连到无辜的人。让她万万没有想到的是,虽然自己很幸运地已经将转换器拿到了手,但对方的行动竟然如此之快,手段是如此凶狠!

"凶恶的塞林人!可恶的亨廷顿爵士!"尼娅心中压抑不住的怒火喷涌出来。但眼下她的首要任务是尽快把已经到手的质能转换器八号带回地下室。

就在尼娅打算离开的时候,她的耳边又响起了临行前俾乌长老的那一番话语。想到那个年轻人满身鲜血躺在地上的悲惨模样,尼娅的眼睛里不禁又浮现出昨天傍晚,就是这个年轻人在那家花店门口向自己表示歉意时,那憨厚而友好的模样。她的心里一动,忍不住皱起眉头,停下了脚步。

"长老说得对,这个年轻人是因为我的过错而死的!我要挽救他的生命!"尼娅看了看自己手上的黑盒子,又想到自己冒失地将质能转换器展示出来的那次会议,此刻她感到非常懊悔。

虽然按照与地球方面签署的备忘录,柯昂人是不允许运用自己的技术去干预人类的个体生命的。但是,在眼前的这种情况下，尼娅的直觉和良心告诉自己，她必须拯救这个年轻的地球人的生命！

尼娅再次转回身，奋力挤入人群，开始用中文大声地呼喊了起来："救命！救命！"同时暗暗开启了随身的生命拟态系统装置。

随着生命拟态系统的开启，家明的身体表征似乎又恢复了一点生命迹象。救护车也迅速赶了过来，尼娅以受伤者朋友的身份和工作人员一起上了救护车，救护车载着他们向医院疾驰而去。

接下来发生的一幕，会让经历了此次事件的人目瞪口呆！

二十八

眼看着呼啸的警车也随着救护车跟了过来，尼娅心里有点着急，担心会惊动地球上的官方组织。可在这样一种紧急的情况下，她也顾不得许多了。作为一名柯昂人的巡航员，作为一名自小就被培养为充满爱心的柯昂人，更作为一名正义的战士，尼娅决定用一种特殊的方式，将局面扭转过来。

在月球基地的时候，尼娅曾经学过一些简单的生物知识。对于银河系内的已知生命来讲，分子动能系统的平衡才是生命存在的关键。按照地球上的医疗水平，刚刚遭遇撞击的家明已经处于死亡的状态，但在柯昂人看来，这只是身体分子动能系统的一种失衡。俾乌长老告诉过她，生命基质的活性只要没有消亡，生命载体的分子动能系统就可以恢复平衡。

柯昂人的生命恢复技术十分先进。除了可以通过平衡分子动能系统恢复个体生命，他们还可以利用更为神奇的超代谢的方式来挽救遭受重大打击的生命载体。但是，即使是拥有如此的能力，永生，却并非柯昂人的选项。

对柯昂人来讲，他们也只是在某些特殊情况下才进行所谓的"起死回生"。他们认为死亡更有助于他们对生命的理解。

俾乌长老就曾经说过："永生固然迷人，但我们既然无法真正理解生命，那么我们也就不需要永生。我们只是按照自然的趋向，去生，去死。我们需要在有限当中尽可能地理解生命。"

柯昂人一直都有让生命体恢复的方法，但正是柯昂人对于死亡的恭敬和对生命的谦卑，使得他们在科技高度发达的情况下，整个社会依然能处于一种和谐的状态。对于新技术，柯昂人总是抱着谨慎的态度，他们甚至会有意识地限制或降低技术的使用层次和使用范围。这也使得塞林人气愤而不解。

曾经的塞林人驻柯昂星大使说过："这些技术应当属于整个银河系文明，柯昂人是应该拿出来分享的；况且，技术的进步也是任何人无法阻止的，柯昂人没有理由封闭技术！技术不应该由那帮没有未来的垂死的老头儿掌管，技术应该属于未来！"

话说得冠冕堂皇，塞林人主要还是想利用柯昂人的技术满足自己的野心。柯昂人的长老们很担忧未来的技术会落入野蛮的塞林人手中，他们还为此专门召开了技术封闭大会。虽然塞林人后来占领了柯昂星，但因为长老们的深谋远虑，塞林人在获得柯昂人的先进技术方面似乎并没有占到什么大的便宜。

面对眼前的危机，尼娅就要用一种古老的空间场域变换来应对了。她看了看手腕上俾乌长老交给自己的时空转换仪，决定寻找一个合适的机会开启。这个转换仪可以在紧急情况下将周边一定范围内的时空场域扭曲，从而躲避一些危险。

救护车尖锐的汽笛声和警车的呼啸声此刻交织在了一起。

尼娅身边的两个男医生正在给家明严重受损的身体实施紧急救治，救护车的前部则是开车的司机和副驾驶上检查资料的护士。她向车窗外看了看，发觉已经到了一片相对宽阔的区域。"这里正好！"尼娅心里想，旋即便转动了手腕上的时空转换仪。

救护车的司机此时正在聚精会神地赶路，他忽然觉得自己出现了幻觉——面前的道路如同朝着自己的头顶方向卷曲了过来，他感到一阵眩晕。随即在周围的空间出现了一股强大的力场，司机赶紧刹车。与此同时，救护车里的人连同后面警车上的人也都因为这种忽然出现的强大力场而晕了过去。

尼娅趁机将救护车的门打开，把家明的身体移了出来，再次启动空间转换系统。只见一道炫目的白色光芒将尼娅和家明完全包裹住；随着光芒慢慢散去，这两个人完全不见了踪影，他们已经瞬间转移到了尼娅在晚上的隐蔽处，也就是家明居住的小区附近的一幢高楼的楼顶平台上。

这一系列的动作只用了不到30秒钟，却足以干扰一万多公里以外的亚利桑那州那间深入沙漠的地下通信室里的信号。

"尼娅，祝你好运！"

二十九

救护车上的人们很快就恢复了知觉，他们惊讶地发现车后门被打开了，担架上的人连同他的外籍朋友都不见了，车里一阵慌乱。警车上的警察苏醒了以后也下了车，他们和救护车上的人简单交流了一下，便仔细搜索了一下附近的街道，可忙碌了半天一无所获。

经过调查后警方发现，事发当时，方圆几十米范围内的人都感觉到头晕目眩，就像是经历了一场地震；而且人们似乎完全不记得在那短短的几十秒的时间里，周围究竟发生了些什么。

警察和救护车上的人事后想想都觉得不可思议，这又将成为一宗无法查证的悬案。事出蹊跷，当天也并没有任何地震台关于地震的报道，自然界一切正常。这个让所有的目击者感到困惑的事件没多久就被当局封锁了。

聚在街道上的人逐渐散去，周围又恢复了一派祥和的景象，只有地面上家明留下的那斑斑血迹在提醒着人们，这里刚刚发生过一场可怕的事故。肇事车辆的逃逸引发了人们的咒骂，而被撞小伙子生死未卜，却又让旁观的一些人感到伤感。

"这个年轻人好像就是住在附近小区里的，好年轻呀，即使被救回来也是个废人了。"一个目击了家明被撞的路人感叹道。人们对死亡总是充满了恐惧，尤其是看到年轻人的死亡，如此绚烂的生命在花一般的季节里戛然凋谢，那会让人产生一种说不出的哀伤痛惜之情。

　　尼娅背着家明的身体悄无声息地来到了一幢高楼的楼顶。随着一道淡淡的轮廓在楼顶上逐渐清晰，一架闪亮的椭圆形小型穿梭机在这个空间里显现出来。尼娅迅速将家明的身体移入穿梭机的休息舱内，随即运行分子动能平衡系统。

　　经过约十分钟的修复，家明身体分子系统的平衡点被找到了，但他依然处于深度昏迷之中，如果想要完全恢复他的生命体征，还需要俾乌长老的帮助，毕竟尼娅不是一个专门的医生。

　　目前来讲，家明处于临床死亡状态，但是他的生命机能被分子动能平衡系统维持住了；他的脑部受伤严重，整个中枢系统遭到破坏，无法自主呼吸。尼娅趁着分子动能平衡系统运行的时候，用主机中剩余的运算资源对这个年轻男子的大脑进行了信息扫描，并上传到外置的晶体能格内。

　　现在，尼娅终于知道了年轻男子名叫何家明，在一家科技公司里从事技术工作，黑盒子是他在一台原型机设备里找到的。他与自己的女友住在一起，女友名叫季春玲，是个护士。何家明本人的母亲最近一段时间也在医院里。

　　看着屏幕上显示的这个年轻男子的信息，尼娅不禁感叹：

"这些人类艰辛地生活在这个星球上,在很多情况下,他们自己也并不觉得自己是什么主人,甚至,他们连一块属于自己的空间也没有。"

尼娅不禁又怀念起自己那个地域广袤、资源丰富的柯昂星来。"可是,都被塞林人占领了!"她的眼睛里闪过一丝愤怒,忍不住自言自语,"这帮强盗!"

忽然,她灵机一动,随即开启了全像观测系统。很快,尼娅发现有两个穿黑衣戴墨镜的人出现在屏幕上。这两个诡异的黑色身影悄悄闪入了家明所在的小区,他们径直朝着家明的房间快步走去。这两个人正是昨天在这附近四处晃荡的外国男子。

他们两个很快就轻松地溜进了家明的房间,急不可耐地在屋内翻箱倒柜,就像两条鬣狗想要找到自己的猎物。可是,无论他们怎么搜索,翻遍了所有的墙角,依然一无所获。

个子稍矮的忍不住暗暗叫骂:"这个琼斯侦探,完全就是个草包,他弄的什么信息,一点也不可靠!"

个子高的在房间里转悠了一阵后说:"也不应该怪琼斯侦探吧,我估计是有什么人赶在了我们的前头。"

"哦?"矮个子疑惑地看了高个子一眼,只见高个子指着客厅地上的一个3D打印的别墅模型,意味深长地说道:"不止一个人知道了这个秘密!"

两人蹲了下去,打量起面前的这个3D打印出的别墅模型。矮个子对高个子说:"你说得应当没错,可能是我错怪琼斯侦探了。"他站了起来,再次环顾了一下这个小小的房间,凶狠地说:"哪怕我们拿不到东西,也绝对不会让这个秘密被这个国家的人知道!"

两个黑影不甘心地在房间里继续搜寻了一阵子,一只手机进入了他们的视线。"太好了!"高个子如获至宝,细细地研究起这个手机,不一会儿,他的嘴角露出一丝冷笑,冲着矮个子说:"走吧!我们得去干活了!"

此时,有一双犀利的眼睛正在隐蔽处冷冷地盯着他们的行踪!尼娅盯着全像显示屏,心里暗道:"我一定要阻止亨廷顿爵士的人伤害季春玲小姐!"

眼看着身边这个年轻男子身体的分子动能逐渐恢复了平衡,尼娅开启了冷藏模式,处在休息舱内的何家明的整个脸部迅速蒙上了一层霜,这是超低温的一种状态。"可以出发了。"尼娅心想。她看了看全像屏幕上那两个可疑人影的路径,迅速定位了春玲医院的坐标。随着主机系统进入游弋态,只见银光一闪,那架小型穿梭机就像从来没有出现过一般再次隐没在了空气里。

这时正好有两个清理水箱的工人来到楼顶,走在前面的那个人忽然惊呼:"快看,阿强!飞碟呀!"阿强闻讯抬头,却什么也没有看到,呵斥道:"阿宝!你整天看那些书是不是看傻啦?还不赶紧把水管子拉进来!"

阿宝一边死命地揉眼睛,一边嘟囔着说:"我真的没有骗你,阿强!刚才真的有个东西忽然从这里飞走了!"

"飞你个头！还是赶紧攒钱盖房子娶媳妇要紧！快去干活吧！"阿强不耐烦地拍着阿宝的脑袋，自顾自地将手中的工具箱打开。

三十

夜晚时分，纽约曼哈顿岛灯火辉煌，人声鼎沸。虽然天气不太好，连日来阴雨绵绵，但是这座巨型都市却完全没有受到干扰，它就像永不入睡的巨人一般，无论何时都散发着活力。欲望与烦恼，罪恶与高尚，压迫与抗争，在这里水乳交融。

这就是纽约！

"什么？怎么会是这样！"亨廷顿爵士那怒气冲冲的声音从顶楼的办公室里传了出来。远处的灯火映照着窗外那影影绰绰的楼宇，阴郁的天空中随风飘落下万千条雨丝；从几十层的高楼上望下去，只见行人纷纷撑起五颜六色的伞，他们急匆匆地行走在狭窄的马路上，就如同那色彩斑斓的跳动着的音符。

可是，亨廷顿爵士此刻却完全没有心思欣赏眼前这幅美丽而忧郁的画卷。他刚刚获悉，远在地球另一面的上海，他手下的特别行动组不仅没有能够得到那个质能转换器八号，而且还弄出了人命！

"这帮蠢货！"他迅速地挂了电话，将自己的身子猛地向椅子背后靠去。作为一个科学家，亨廷顿爵士实际上非常讨厌弄出人命。他心里想，"这根本上是一个技术的问题，完全可以通过谈判去解决，为什么总是要闹出人命？"

可他转念又一想，近期政府对组织的渗透是越来越厉害了。最近几年，许多关于技术的讨论最终在政府的主导下都激化成了暴力冲突。当亨廷顿爵士回忆起在那次与客人交换技术的会议上，那个理查德参议员如同鹰隼般的眼神，更让他感到如芒刺背。

亨廷顿爵士将手上的雪茄点燃，狠狠地猛吸了一口，看那烟雾缭绕，盘旋曲折，就像迷宫一般，他终于重重地叹了一口气，无奈地接受了眼前这些错综复杂的现实。

本来，在亨廷顿爵士刚刚加入组织的时候，特别行动组的成员主要都是科学家出身；那时候的行动策略还是更多地从专业角度与各种势力协商，内容主要也是围绕着技术本身。可自从冷战结束以后，越来越多的退役军人在政府的支持下进入了组织，并逐渐成为特别行动组的主要力量，而随之发生了大量的暴力事件，很多卷入的人最后都不明不白地死了。

神圣探索者联盟最初是由一批信念坚定的科学家和艺术家组成，虽然他们心里对于其他种族不怎么看得上，但也并非丧心病狂的极端种族主义分子。他们奉行骑士精神，对于处于弱势的人群也都是抱着仁慈的态度。可如今，亨廷顿爵士对于这些职业军人却已经无话可说了。组织里科学的声音日渐微弱，而一些疯狂极端的论调却日益高涨。以至于他本人在很多场合也得配合着组织发出类似的声音。

有时候，亨廷顿爵士简直弄不清楚自己究竟是一名政客还是一名天体物理学家了。特别是遇到像理查德参议员这样和组织有着千丝万缕联系的政界人物，他觉得更加头痛。

依照亨廷顿爵士的看法，柯昂人作为先进技术的代表，现在落难在太阳系，是客人的身份。既然是客人，那么就应该尽可能地帮助主人实现他们的愿望。当然，如果这个主人是个孩子，提出的愿望不太符合实际，双方也是可以坐下来商量的，而不是像那个老俾乌一样，竟然一口回绝；可是作为地主的政府也应该慢慢来，既然不能在现阶段完全理解外来先进技术，那就完全没有必要急匆匆地去获得它们，甚至强取豪夺。

"任何人都不应该把手枪作为生日礼物送给他们的孩子！"亨廷顿爵士经常会这样想。如今组织里的特别行动组简直就像是一个杀手集团，他们一直在突破他的底线，这是他尤其不能忍受的。"动不动就要杀人！这完全不符合骑士的精神！"可是在如今政府各种势力日益渗透影响组织的情况下，亨廷顿爵士的这些想法也不便在公开场合表述出来。

"看来，现在最好的结果就是老俾乌他们能够把质能转换器八号找到，反正他们本来也不想交出这个技术的。"想到这里，亨廷顿爵士心里稍微冷静了一些，"只要不被其他势力弄去就万事大吉。"

这两天,亨廷顿爵士仔细考虑了一下,认定质能转换器八号的技术和能量不是人类眼下所能理解与掌握的,一旦它真的被政客掌握,说不定就会被用来做些什么疯狂的事情。

"那个什么理查德参议员保不齐会弄出什么灾难呢!"亨廷顿爵士的眼前又浮现出那个阴鸷的眼神。只要客人们能够找回这个质能转换器,再按照与客人们的协议办理后续的事情,那么,这次危机就可以在理查德参议员那里蒙混过去了。

"人类的技术,还是应该通过自己的正常发展节奏去进行归纳反思的。"作为科学家的亨廷顿爵士看着自己吐出的雪茄烟圈,心乱如麻。通过对自己接触到的一些秘密档案所揭示的灾难,他早就发现,有很多祸端都是人类掌握了不该有的技术才酿成的。

"可是,那个该死的琼斯侦探是怎么得到这么详细的资料的呢?"亨廷顿爵士这几天一直在琢磨这件事情,"获得这些资料应该难度很大呀!难道是老俾乌搞的鬼?"每当有蹊跷的事情发生,他总是习惯性地怀疑这位不太友好的客人。

"但是,老俾乌根本没有这个必要啊,他干吗去费这些个周折呢?难道……"此时,手上的那根雪茄烟不知不觉已经熄灭了,亨廷顿爵士打着火又将它点燃,浓郁的芬芳立刻在房间里再次弥漫开来,他一下子放松了许多。

"难道是政府的人去弄的?可那也不太可能。如果他们自己能弄，还要通过组织干吗呢？还不如直接去找些杀人犯办理这件事情好了！"亨廷顿爵士一想到政府里那些不学无术、空有一身蛮力的探员，就忍不住厌恶地皱起了眉头。

"那么，究竟会是什么人有能力弄到如此详细的情报呢？"亨廷顿爵士心里一动，脸色慢慢阴沉了下来，雪茄烟的烟雾在灯光的照射下显得神秘而奇特，让他如同面对着一个无序的迷宫。

三十一

初夏的阳光正灿烂。而罪恶的黑手，即将穿过散发着樟树芬芳的街道，伸向一个不幸的女人。就在一个小时之前，这个女人才挽着自己爱人的手从房子里走出去，她的嘴角泛着幸福的微笑。而一场貌似突如其来的事故，就要把她的人生命运推向危险的彼岸。

春玲对发生的一切还浑然不知，她正和陈丽在办公室里交接班。她们像往常一样欢笑着，青春的笑声如阳光般洒满了这间干净的房间。

陈丽一边吃着烧卖，一边对春玲说："看样子还是爱情养人啊！你看你现在这副滋润的样子！"她夜班的辛劳好像已经被香喷喷的早点一扫而空了，春玲则坐在一边得意地笑出声来。

"哎唷，还臭美起来了！"陈丽皱着鼻子悻悻地说道，"看样子还是得找一个真爱呀！"

"你男朋友不是对你很好吗！你可别不知足！"春玲冲着她吐了吐舌头笑着说。

"算了，别提他了！"陈丽有些恨恨地说，"我算看透了，男人有钱就学坏。你说，他那么贪玩，将来啥时候能收心！"陈丽装出一副可怜巴巴的样子说。

看到陈丽那夸张的表情，春玲乐坏了，她冲着陈丽挤了挤眼睛，调皮地说："你这个也叫你情我愿，哈哈哈！"

"好啊！你还幸灾乐祸！"陈丽作势就要抓住春玲。春玲头一低，避了开来，又笑着说道，"如果真的觉得不合适，你也可以自己再去找呀！"

"真的？"陈丽眼睛里像是放出了光一样，说道，"这倒是个好主意！他不仁，我就不义！可是，怎么样才算合适呢？"

春玲说道："男人可以没有钱，但是一定要孝敬老人，要对家庭负责任，还要懂技术，最重要的是要爱你，要把你捧在手心当成一个宝！"说着说着，她自己也乐了，陈丽在边上不服气地叫道："你就别嘚瑟了！这不就是说的你家那个科学家吗！"

春玲笑着没有作声，她可不会把这两天的秘密告诉任何人。吃完早餐，只见陈丽潇洒地扬了一下手，对春玲说："好了，我要回去休息了，明天见！谢谢你的烧卖！"随即扬长而去，办公室现在只留下春玲一个人了。

主治医生马上就要来查房了，春玲本想先给家明打个电话，问问买绿植的事情，可电话接通了以后却没有应答。"这是怎么了呢？"春玲心里想，"也可能家明在忙事情！说不定他们那个台湾老板回来了，现在正开会呢。"医院里的事情慢慢多了起来，春玲也就忘记了这茬。

可过了一会儿，家明的同事郑强也打电话过来，问她何总怎么今天没有去上班，这让春玲觉得很奇怪，一般情况下是不会有这种情况的。春玲这下有点儿担心了，便又继续拨打家明的电话，可是电话没有接听。

"这究竟是怎么回事？"这个年轻的女孩子开始胡思乱想，"他不会是和别的女人玩去了吧？不，家明可不是这样的人！"春玲皱起了眉头，她又打了几个电话，依然没有人接听。

按照常理，一个大活人无论去哪儿都应该不会找不到，春玲越来越担心。"难道？"她的心头忽然蒙上一层阴影。

眼看着就快到中午了，可是家明却依然联系不上，春玲急得如同热锅上的蚂蚁，她有些焦躁不安。就在这时，忽然听得门外有人用一种生硬的语气在问医院走廊上的人："请问护士办公室在哪里？"

春玲开门去看，见到两个戴着墨镜的外国人站在办公室的门口问："小姐，请问季春玲是在这里吗？"

春玲不知怎的心里有种强烈的不安，特别是一直没有联系上家明，让她有种警觉的意识。春玲故作镇定地摇了摇头，轻轻说："哦，她今天休息，没有来上班。"

"好的！那谢谢了！"其中一个高个子的男人生硬地说完，便转身要走。

"你们找她什么事？"春玲忍不住问。"没有什么事！"

边上那个矮一些的男人答了一声，便和高个子的男人匆匆走下了楼道。

春玲把护士办公室的门关了起来，忽然间有种非常恐惧的感觉，她开始不断打家明的电话，可是电话总是没人接。就在这时，门外传来一串急促的脚步声，办公室的门"砰"的一声被推开，一个俊俏的外国女子走了进来，旋即便把门关上。只见这个外国女子焦急地用英语问道："你就是季春玲小姐？！"

不知怎的，当春玲看到这个俊俏的外国女子，忽然如释重负。这个女子有一种挺拔有力的美感。春玲惊慌地用英语结结巴巴地说："我就是季春玲！"

只见那个女子示意了一下，让春玲不要说话，随即外面楼道里似乎出现了密集的脚步声。此时，春玲的手机却响了，显示的竟然是家明的号码！春玲想都没想，立刻接通电话，可是电话里什么也没有，似乎只有一种脚步的回声。

春玲呆呆地看着那个外国女子，一时间不知道自己该如何是好。那个外国女子迅速地将身体探到了窗外，发现这里是五楼，下面可以看见一楼门诊部的平台。她转过头对春玲说："跟我一起跳下去！"便拉着春玲的手一下子站到了窗台上。

春玲哪里见过这阵势，她正要挣扎，却听得办公室的门一下子被撞开，正是刚才那两个戴墨镜的外国黑衣男子。只见他们迅速掏出了手枪，将阴森森的枪管冲着春玲就要射击。随着身后"砰砰"两声轻微的枪响，外国女子拉着春玲从五楼猛地跳了下去。

矮个子的黑衣男子跑到窗边,却发现两个女人已经在一楼的平台上了,他气急败坏地冲高个子男人摇了摇头,两个人随即冲出办公室的门,朝着楼梯道的方向一路狂奔下去。

走廊上人来人往,完全不知道此刻发生了什么可怕的事。春玲自从被这个外国女子拉着跳出窗外,眼睁睁看着那两个黑衣人冲自己开枪以后,脑子就一片空白了,她只知道一个女子用一种很奇怪的手法将自己带到了楼下,地面像是被卷动了起来。这一切来得如此突然,如同经历了一场地震一般,以至于她最终失去了知觉。

当春玲再次醒来的时候,人已经在十几层的医院楼顶上面了。刺眼的阳光照得她睁不开眼,模模糊糊中有一个挺拔的身影站立在她的面前。只听见一个女人用缓慢的英语说:"你现在安全了,季春玲小姐,你不用怕!"

春玲此刻还是没有完全清醒,她有些想哭,却又哭不出声。眼前这一切的遭遇对她来讲,难道都是一场梦吗?

三十二

亚利桑那州依旧骄阳似火，沙漠中那个废弃的小镇依旧寂静而荒凉。在地下五百米这个小小的房间里，传来了俾乌长老瓮声瓮气的声音："是这样的，卡佩！尼娅已经把我们的转换器八号拿到手了。但有一个不好的消息，塞林人已经知道了我们的下落。"

"亨廷顿爵士知道这些事情吗？"叫卡佩的年轻人问道。

"应该是不知道的。卡佩，你知道吗，亨廷顿爵士的那个组织是有政府背景的，在其背后有很多政府势力掺杂其间。人类就是这样，往往把事情弄得很复杂。自从我们和人类政府建立正式关系以来，就一直难以避免与这些代表不同利益的各方势力打交道。"

俾乌长老顿了一下，接着说："幸好，作为客人，我们可以利用我们的技术对这种局面做出一种平衡，保证我们自己的利益不会受到损失。但是如今塞林人介入了，以前那种相对稳定的状态就会发生变化。要知道，塞林人可是好战分子，他们对于技术在暴力上的运用存在一种近乎本能的渴望。"

"那我们现在该怎么办呢？"那个叫作卡佩的年轻人有点担心地问道，"我们的月球基地会有危险吗？"

"暂时应该还不会有危险，"俾乌长老缓缓地说，"眼下的这种情况归根到底也要怪我们的长老会在过去的一个决议。塞林人是我们柯昂人太空殖民的先遣军，卡佩，这个你知道吗？"

"我当然知道！"卡佩说道，"我们的历史资料里还详细记载了塞林人舰队在宇宙中殖民的事情。我小的时候在学校里还学过这一段历史呢。"

"是的，你们当然应当知道有这么一段历史，也知道塞林人是在殖民舰队生活的那段漫长生涯里，才逐渐形成了那种暴虐、躁动、带有攻击性的文化传统。可是，有些东西你们却不知道。"俾乌长老盯着眼前的那个悬浮着的银河系全息星图沉默了下去。

俾乌长老抬头看着一脸疑惑的卡佩，悠悠地说："其实，塞林人的祖先都是我们柯昂人最优秀的勇士，也只有这样心智健全、高贵无畏的人才适合去开拓宇宙殖民的探索事业。"

"可是他们现在是如此得鄙俗、狂野而粗劣！"卡佩不解地说，"那怎么会发生这样大的变化呢？据历史资料记载，好像我们只不过和他们才分离了两千多年而已。"

面对眼下塞林人近在咫尺的威胁，俾乌长老终于把柯昂人与塞林人的恩怨娓娓道来。而这些故事，涉及一个古老的生命文明探索未来的一次尝试。

在两三千年前，柯昂人建立的文明已经达到了很高的程度，在辽阔而富饶的柯昂星上，人们可以在任何地方过上自己想要的生活。柯昂星约有三四个地球大小，各种资源都十分丰富，经过漫长的科技与社会的发展，柯昂人在星球上建立了全球性的联邦国家。虽然在各个地区，人们的生活习惯和文化传统依然略有不同，但大家有一个共同珍视的传统，那就是家庭生活。

虽然有些激进的学者认为，随着基因技术的超越和对生命本质理解的深入，家庭这种古老的社会模式是时候退出历史的舞台了。很多柯昂人已经经历过了基因的优化，所以严格来讲，家庭在生命遗传学上的意义正在下降。所以，有些人认为应该用全新的个人联盟模式代替家庭模式。随着先进技术的辅助，个人所体现的力量越来越强，独立的年龄也越来越小。所以有些论调以为，与其让一个孩子在相对狭小的家庭里完成个体的成长，不如从一开始就让他在集体中生活，以适应未来个体联盟的社会组织形态。

看着卡佩不解的眼神，俾乌长老缓缓地说："其实，个人联盟就是集体化生活，让个人从出生到死亡就存在于集体当中，而个体可以依靠技术的辅助去实现个体的理想与抱负。"长老顿了一下，看着卡佩问道，"这是一个好主意吗？"

"不知道！"卡佩耸了耸肩膀，"但是如果这样的话，那么家庭肯定就没有了，在个人和联邦之间，就没有家庭这个组织结构了。"

俾乌长老笑了笑。"是的。这种论调其实在当时被讨论过很长时间，但是最终还是被否决了。"

根据文献记录，柯昂人当时确实在技术进步的背景下，产生了个人完全没有必要通过家庭去存续的观点。许多人认为，只要有技术的辅助，每个人从小到大，就可以独立地实现许多事情，比如受教育，被治疗，被养育，去游览各地，去学习新的技能，去完成自己的成人仪式，一直到走完自己的人生。

当时的一名长老曾经提出这样的构想："由个人直接组成联邦，可以摆脱因为家庭而衍生出的各种中间的组织体。那样的话，我们柯昂人的工作效率将更高，也可以让儿童免受家庭的暴力。这将会是一个一揽子解决社会问题的方案！"

"当然，这个提案后来没有被通过。因为，这个长老被所谓的高科技蒙蔽了双眼，忘记了一个最基本的事实。卡佩，我们和人类一样，心中都要有爱！"俾乌长老深深地叹了一口气，"卡佩！爱是关怀，是一种长期的亲密关系。你可以有很好的朋友，可以有很远大的理想，可以有多姿多彩的生活态度。可是，家庭不可缺乏，那是带给你爱的地方。"

俾乌长老的眼睛此时像是在看着遥远的地方，异常明亮。"家庭的作用不可替代，这不是技术可以替代的。"

卡佩认真地点了点头。此刻，他想起了远在银河系另一端的妹妹，自从上次跟随俾乌长老逃亡到了太阳系，他就再也没有得到任何关于妹妹的消息了。卡佩很想念自己的妹妹，那是他唯一的亲人。

三十三

约两千年前,激进的要求废除家庭的提案最终并没有获得柯昂长老会的通过,家庭作为一种制度,仍然被人们所接纳并保留了下来。柯昂人依然延续着传统的社会结构,遵循着传统的价值观念,他们如同过去一样,组成家庭,生育繁衍,平和地生存在这片广袤的星球之上。与此同时,柯昂人向外太空进行殖民探险的浪潮开始席卷整个星球。

星际殖民在当时是获得全体柯昂人一致热情支持的事业。人口越来越多,星球空间越来越拥挤,加上人们对于宇宙星空探索日益高涨的热情,把柯昂文明尽可能地向其他星区扩散成为整个星球共同的目标。

"我们未来一定要把自己的文明播撒到尽可能多的地方。我们柯昂人再也不能满足于仅在面前的那两个小小的月亮上小打小闹了。"这就是当时柯昂人的普遍观念。他们开始努力地在星空中寻找新家园。

柯昂人派出了许多星际探险队。通过大量搜寻与比较,他们发现,最近的适宜人居的星球就是塞林星。经过探测与研究,柯昂人惊喜地发现,那里的环境基本上不需要进行太大的改造，星球上还有柯昂人所需要的各类资源。这些优越的条件，都决定了塞林星是当时柯昂人最完美的殖民目的地。

那么，接下来应当由谁去开拓新的疆土，进行大规模的殖民活动呢？

自古以来，未知领域存在的凶险让浪漫的殖民主义文化浪潮一直没有办法达到最高潮；塞林星上存在一些不知名的恐怖生物的传言，对日渐高涨的塞林星移民热潮也产生了一些降温作用，一些小规模先遣队的离奇遭遇也让去塞林星开展大规模殖民活动的愿望慢慢趋于理性。

但对塞林星进行开发的热情从根本上一直没有减退，对未知世界的渴望和探索对柯昂人来说始终是巨大的诱惑。向外太空殖民，既是创举，也是无奈。

柯昂星文明已经延续数十万年了。他们的祖先也是通过竞争而逐渐走上了整个星球食物链的顶端，他们勇猛而彪悍。不过自从科技爆炸式发展后的一万年里，柯昂人慢慢变得比较乐于安逸。即使他们对开拓外星有强烈的兴趣和现实需求，长期以来的安逸也很大程度上阻碍了他们采取更进一步的行动。科技的发展让很多事情已经可以由自动设备代替，享受着世俗家庭生活的柯昂人更多地会关注精神世界的发展，那种蛮荒时期养成的斗争精神已经显得非常缺乏。

因为对柯昂人整个的精神状态感到不安，当时就有长老提出："我们可能真的是过于文明了。也许眼下，我们已经到了该召唤出我们身体里那种古老野性的时刻！"

对于塞林星的大规模移民，就是在那样一种微妙的背景下，经由联邦长老会的大力鼓吹和扶持，先由一小股一小股的先遣队开路，最后在几百年内慢慢汇集成了一股巨大的殖民洪流。而在这慢慢推进的殖民活动的背后，无不打上了长老会企图恢复柯昂人身上那种斗志与野性的期望的烙印。

就这样，塞林星上一个个殖民据点建立起来，开拓者们在那片荒原上进行了环境的改造，他们通过开采塞林星的各种资源而获利。

当时塞林星与柯昂星的联络非常频繁。在塞林星殖民地辛劳的柯昂人恢复了祖先的活力，他们在艰苦的环境中激发了自己的斗志，甚至将那种积极进取的精神也带回了柯昂星。每到柯昂星的节日，大量的塞林殖民地的人会回来参与各种庆典，柯昂星的轨道上甚至会出现大量飞船的拥堵状况。那是柯昂人殖民塞林星的一个黄金时期。

看到卡佩听得出神，俾鸟长老叹了口气，慢慢地说："可是，万事万物发展到一个极端，就会走向它的反面，殖民大潮也不例外。"

在约一千年前，塞林星的社会组织结构不知为什么发生了剧烈的变化，家庭解体了，随即塞林人迅速组成了所谓个人之间的联盟。也就是说，一个塞林人从小到大都生活在个人联盟的集体环境当中。塞林人随即宣布独立并断绝了与柯昂星的接触，两个星球的亲人之间也不再走动了。塞林人还在他们星球的外围建造了一种威力强大的磁场，柯昂人的飞船再也无法进入了。从此，塞林人走上了完全不同的道路，他们彻底独立了。

在封闭了约五个世纪以后，塞林人又与柯昂星取得了联系，并在双方之间建立了外交关系。柯昂人当然很欢迎这些兄弟又与自己联系上，很希望能够像早期一样亲密无间，但塞林人似乎仅仅只对获得柯昂人的技术感兴趣。据一些偷渡进入塞林星的柯昂冒险者说，整个塞林星都处于军事化状态，塞林人没有家庭，全部按照军队的编制进行生活。他们的科技发展不知为什么非常缓慢，在很多领域比柯昂人落后了许多，仅在一些需要消耗巨大能量的军事技术上取得了一些成果。

"这些野蛮的塞林人！"卡佩听到这儿，不禁有点愤愤然，他又想到了自己与妹妹的失联。

"不是塞林人野蛮，而是制度野蛮！他们生活在一个没有家庭之爱的环境里，一心只想着个人的发展。塞林人也算是我们未曾实现的想法的试验品呀！"

俾乌长老叹了口气。"但是，我们一直有一个疑问。柯昂人本质上并非好战分子，我们积累了上万年的智慧已经对很多事物有了成熟的看法，塞林星上如此巨大的社会机制变革，怎么会没有人反对？要知道，当时的塞林人其实就是我们柯昂人啊！"

"对啊！"卡佩也皱起了眉头，他显得有些疑惑地说，

"我们柯昂人做事的风格可不会那么武断，我们从来就是要充分考虑后果才去行动的，完全不会像现在的塞林人那样粗俗啊？"

三十四

"后来,我们终于发现了一个秘密!"俾乌长老望着卡佩继续说道。

"塞林星上有一种虫子,它们的生命基质很简单,也无法发展出高等的生命文明,这种虫子靠吸取人们的体液维系生存。经过几次实地冒险勘察,我们发现,几乎所有的塞林人在殖民过程中都有被这种虫子感染的迹象。只是,这种感染的后果是经过很长时间才能够体现出来的。这种虫子的社会结构没有家庭,它们成群结队,只有一个首领。这些虫子的生命基质与塞林人的生命基质融合了。"

俾乌长老看着卡佩,有些心痛地说:"其实塞林人都有病。他们的狂躁、好斗,其实都是我们柯昂人犯病后所具有的特征。他们被塞林星上的虫子感染了,虫子的生命基质进入了他们的种群,导致他们迅速地改变了自己的社会结构。那其实是虫子的社会结构!"

想到本来正常的柯昂人竟然是因为虫子的感染而成为可恶的塞林人,卡佩几乎不知道现在是该去痛恨塞林人还是痛恨那些虫子了。

"卡佩,现在到了告诉你一个秘密的时候了,因为不久后,你将继任我长老的位置!"俾乌长老喘了口气,用衰弱的声音说道。

"什么?长老?"卡佩睁大了眼睛。

俾乌长老将要告诉他的继任者卡佩一个重要的涉及柯昂星与塞林星的秘密,而这个秘密,与地球的未来也紧密相关。

"凭柯昂人的技术发展水平,塞林人其实是无法顺利占领柯昂星的。"俾乌长老看着卡佩骄傲地说,"卡佩,你知道吗,科技的进步绝不是一个像虫子般制度的社会能够发展起来的。科技需要爱!需要自由!需要热情!也需要温情!那不是一个仅凭狂热就能产生的东西!塞林人根本做不到这些!"长老的声音显得很激动。

"科技的发展就像宇宙间的波动韵律,是美妙而富有节奏的。整个柯昂人科技的发展,就如同一首美妙的宇宙间的乐曲,它悠扬、婉转,美妙动人。科技本质上可是一种艺术啊!科技是神圣的,是艺术;只有谨慎的虔诚者才能够接近她!"俾乌长老的话语充满了诗意。

"卡佩,其实那次我们柯昂人的大撤退是一场精心安排好的计划。你不用担心你的妹妹,她很安全!我们的目的有三个。

"首先,在柯昂人技术可及的范围内建立各种新的殖民地,我们不应该因为塞林星的失败而退缩在柯昂星上,虽然柯昂星是个美好的家园。伟大的文明是一定要进入宇宙深处的。

"其次，我们希望通过这次的全球大规模殖民，让后代恢复早期柯昂人的战斗精神，像塞林人那样狂暴固然不好，但是，卡佩，不知道你发现了没有，我们柯昂人的文明是越来越温和了，几乎有些死气沉沉的感觉。连我这个老年人都有点看不下去了。"卡佩点了点头，他的眼睛里燃烧出了希望的光芒，毕竟刚刚确认了自己唯一的妹妹安全的消息。

"最后，也是最关键的，我们是要给塞林星消毒，给塞林人消毒，帮助他们恢复正常的样子。"此时，俾乌长老的声音显得很平静。

"什么？消毒？难道我们是要去占领塞林星？还要去给塞林人治疗？"

"是的！"俾乌长老坚定地说道，"本来，我们很快就打算去塞林星，对那里的生态系统进行一次调整，将带有毒素的虫子消灭掉。如果能够研发出疫苗，我们就可以对占领柯昂星的塞林人进行一次彻底的消毒，帮助他们恢复柯昂人的本性。我们想利用这次塞林人的占领把柯昂星暂时变成一个医院。我们想让迷路的孩子尽快回家。"

"可是，现在地球人参与了进来，情况就有点复杂了。我们不愿意让地球人卷入我们这个计划，他们的文明目前还不成熟，还有很长的路要走。过早地介入会让他们消化不良的。"

"可是塞林人已经潜伏在这里了啊！"卡佩有些担忧。

"是的，我们不能让塞林人的不良文明感染地球这颗有原发文明的星球，我们柯昂人有义务阻止塞林人的介入。但是，我们也不能让太多地球人知道我们的存在。因为贪婪，在宇宙中是无处不在的！我担心过分地在地球上和塞林人纠缠会引发地球文明的盲目发展，到时候，他们会被自己对技术的贪婪所毁灭的。"

小小的房间里安静了下来，卡佩看着眼前这位令他肃然起敬的前辈俾乌长老，不知道自己该说什么好。俾乌长老看着他，严肃地说："卡佩，现在我需要去和亨廷顿爵士进行一次开诚布公的谈话。他是地球上最有权势的科学家，我会向他摊牌，也会告诉他关于塞林人的事情。希望我的判断没错，他毕竟是一个科学家，无论如何，科学家都会服从真理的！"

"如果我此行有什么危险的话，你将继承我的长老身份。为了柯昂星！"俾乌长老高声说着，同时递给卡佩一片闪亮的晶格。卡佩站了起来，低下头，用左手托住了那片闪亮的晶格，闪耀着紫红色光芒的晶格很快就没入了卡佩的手中，不见了踪迹。

"长老，让我陪你一起去见亨廷顿爵士吧！塞林人估计早就在他身边采取什么措施了。"

"不需要！卡佩！月球的基地还需要你。我们的主要任务是帮助塞林人回到正确的轨道上来。"俾乌长老坚定地说,"他们需要回家!"

"那片晶格里有所有的计划与安排,也有长老会的委任状。卡佩,你是一名勇敢的战士,也是一个拥有善良传统的柯昂人,保持我们积极的品行,未来的和平是属于你们年轻一代的!"

五分钟后,在一片一望无际的荒漠里出现了一只巨大的飞碟。它悬停在半空,表面上那层厚厚的装甲在似火的烈日照耀下熠熠生辉。

这只巨大的飞碟没有任何征兆地忽然变换成垂直姿势,随即腾空而起,在一瞬间就穿过了平流层。

此时,在暗蓝色的高空中,一架洲际客机正继续着它乏味的长途飞行。宽大的驾驶舱内,操控屏幕上显示"自动飞行中"。机长刚打了个盹,醒来后忽然看见一个巨大的扇形阴影从他的面前一掠而过,操控屏幕上立刻亮起红色的警报标志。

"飞碟!"机长惊呼道,他猛推旁边已经熟睡的副驾驶喊道,"基洛夫!基洛夫!你这个傻瓜,快醒醒,看飞碟!"胖乎乎的基洛夫疲惫地睁开了眼睛,可什么也没有看到,他无辜地看着机长,耸了耸肩膀。

"唉,真是可惜!你又没看到!"机长悻悻地递上了一杯伏特加,"基洛夫,还是来一杯吧。"

"酒倒是不错!"基洛夫喝了一口酒,冲着机长笑了起来。

在三万米的高空中，一颗如同流星般的亮点从巨大的飞碟侧面溅落，向着纽约高速射去。

三十五

  风从四面八方吹了过来,像是要扫去一切恐惧与悲哀。春玲迷迷糊糊地睁开了眼睛,她挣扎着站起身向四周看去,发现自己身在一幢高层的楼顶,一个俊俏的外国女人正温柔地看着她,这让春玲稍稍安了心。

  眼下,春玲还不明白究竟发生了什么事情,她怎么也无法把刚才那惊心动魄的一幕和自己联系在一起。

  "你好点了没有?"外国女人关切地问了问她。春玲看了看她,又看了看远处,高耸的东方明珠电视塔映入她的眼帘。

  "这里是上海!我就在单位的楼顶。"春玲的心情开始平静下来。看着眼前这个救了自己的外国女人,春玲意识到目前的处境一定和家明带回来的黑盒子有关。她不禁又想起了一直没有联系上的家明,便忍不住抽泣了起来。

  外国女人走上前来,将春玲轻轻搂住,拍着她的肩膀柔声说:"不要哭,不要哭。我叫尼娅,春玲小姐,我会保护你的。"

  "尼娅?"春玲抬起头,看着这个外国女子。她那淡金色的头发扎成了短短的一束,眼睛里泛着淡绿色的光,她身上的线条显得结实有力,眼神很柔和,让春玲产生了一种信赖感。

"到底发生什么了?"春玲结结巴巴地用英语问道。

在如此短的时间内经受这样的遭遇,不论是谁都会产生一种恐惧感。女人的直觉告诉春玲,一定有什么不好的事情发生了。

尼娅似乎没有想立即回答她,只是继续用柔和的目光看着春玲的眼睛,春玲在这样的眼神下获得了一种鼓舞和安全感。其实,此刻尼娅正在迅速地启用语言皮层学习系统,春玲结结巴巴的英语口语让尼娅交流起来觉得有点不适。

很快,尼娅用柔和的声音说:"春玲小姐,你一定要坚强!"

尼娅的语调虽然有些生硬,但发音却完全是标准的。"什么?"春玲有点儿不敢相信自己的耳朵,她皱起了眉头,"她怎么这么快就说起了中国话?难道……"

尼娅扶着春玲坐到一个台阶上,温和地看着春玲慢慢说:"你猜得没错,我是外星人!而且,我就是那个黑色金属盒子的主人。"

因为经常和家明在一起看科幻电影,春玲对外星人的概念其实并不陌生;但是此刻听到眼前的这个长相俊俏的外国女子亲口承认自己是外星人,并且是用中文说出来的,春玲还是目瞪口呆。

她刚才亲眼见证了尼娅的身手不凡:从那么高的楼上将自己卷了下去,两个人都毫发未伤;她还能将自己带到楼顶的平台。这个高挑而矫健的外国女子确实是来自于另一个世界的。她呆呆地看着尼娅,忽然一下子抓住尼娅的双手,眼泪流了下来。"那你究竟把家明弄到哪里去了!"

"真的不忍心告诉她悲伤的事情!"此时,善良的尼娅心想。她拍着春玲的肩膀轻轻地说:"春玲小姐,你不要怕,放心,你的家明暂时没有危险。"

"真的?"春玲抬起了头,她泪眼蒙眬地看着尼娅。

尼娅用纸巾帮春玲揩了揩眼睛:"春玲小姐,请相信我,我会好好保护你和家明的。"

家明暂时是安全的,这让春玲安心了许多。"但是这一切究竟是怎么回事呢?"她抬起头疑惑地问尼娅。

三十六

春玲睁大了自己的眼睛。尼娅展示给春玲的是一个从来没有想过的世界,这个世界如此之大,所发生的事情是如此不可思议,甚至,遥远的地球也牵扯其中。

"可是,为什么他们一定要得到质能转换器呢?"春玲对这些锲而不舍的人产生了好奇。

"因为贪婪!"尼娅看着春玲平静地说道,"他们想利用我们的技术成为地球上的霸主。要知道,某些人总是企图利用技术去奴役他人,他们如同没有人管教的孩子,总想获得自己无法理解的力量。"

春玲脸红了。这几天,她和家明的做法又何尝不是像小孩子的举动呢?虽然他们并不想去奴役他人,但是,利用这种未知的技术取悦自己确实是不可否认的事实呀。

尼娅似乎看出了春玲的心思,她温柔地握住春玲的手,盯着她的眼睛点点头:"春玲,你和家明都不是那样贪婪的人!你们只是好奇,谁都会有好奇心的!对于你们来讲,那只是一个礼物!"

尼娅觉得可以告诉她关于家明的事情了,正准备要开口,只听见春玲又问道:"那你说的那些塞林人呢?"

"哦!那都是些狂暴的人。虽然和我有着同样的来源,但已经成为完全不同的人种!"尼娅的语气显得有些愤怒,"他们想利用地球上的那群坏孩子去实现自己更大的野心!"

听到尼娅把亨廷顿爵士那帮人称作坏孩子,春玲忍不住笑了起来。"是啊,对于你们这个高度发达的文明来讲,地球上那些整天算计的家伙确实就像坏孩子。"

尼娅看到春玲的笑容,这才发现这个中国女孩子其实笑起来真的很好看。想到那场突如其来的车祸,尼娅又为自己过去的疏忽感到深深的自责。

"春玲,真的很对不起!"

"怎么了?"春玲略显苍白的面孔上一下子浮现出了担心的神情,关于家明的种种猜测的阴云又再次出现了。

"春玲,现在你一定要坚强!"尼娅在自己的手腕上比画了一下,春玲还没有来得及反应过来,只见一只椭圆型的球体瞬间出现在了她的面前。这是一只通体闪亮的球体,约莫有一辆面包车的大小。它静静地在贴近楼顶平台的地方悬浮着,整个外缘似乎融化在周围的空气当中。

尼娅抓起春玲的手,朝着球体走了过去。春玲木木地跟在尼娅的身后,她们几步就跨进了这个闪亮的球体。随着两个人的身影完全没入了球体的内部,这个发光的球体在空中消失了。

进入球体内部的春玲下意识地回头看了一下,却没有看到任何的入口。面前如同牛乳般的白色光线照亮了内部那不大的空间，角落里的台子上躺着一个人，他被包裹在一层浅紫色的光晕里。春玲凑近一看，正是家明！

看到不省人事的家明，春玲一下子瘫倒在舱内。尼娅将她扶到一张椅子上，无奈地看着这个女孩子哭成了一个泪人。春玲清醒后，哽咽着抬起头问道："这究竟是怎么一回事？你不是说家明没有事吗？"

"春玲，你不要太难过，要相信我！我正在修复他！"尼娅抱住春玲，把白天发生的事情原原本本地告诉了春玲。

春玲一边听，一边哭，她的头脑里一片空白，只是一遍遍地问尼娅："你能不能救活我的家明呀？"

"当然可以，但是，我们需要一点时间！"

春玲不甘心地凑近台子，看到家明熟睡着，被笼罩在那种淡紫色的光晕里。

"尼娅，我现在该怎么办？"

"相信我，春玲！我们柯昂人一定会保护因为自己的过错而受到伤害的人的。我们的技术能够让你的家明回到你的身边！相信我，相信我们柯昂人的科技！我现在正在用生命分子动能平衡系统为他维持生命基质的活性。虽然按照你们的观念他已经临床死亡，但是在我们柯昂人看来，他还是有救的！"

"好！"哭成了泪人的春玲抬头看着尼娅，喃喃地说道，"尼娅，无论如何我不要失去家明呀！"

尼娅肯定地点了点头，她一边安慰这个可怜的女孩，一边启动了穿梭机的飞行模式。

在这样一个狭小的空间内，两个来自不同星球的女孩此刻靠在一起，其中一个不断抚慰着另外一个，她们现在就如同地球上任何一对普通的姐妹，互相依靠，相互从对方那里获得安慰与信心。

三十七

纽约依然阴雨连绵。亨廷顿爵士非常不喜欢这样阴郁的天气。虽然办公室里是恒温恒湿的,但是落地窗外那种湿漉漉的景象让他觉得非常不快。玻璃表面扭曲飘摇的水流像是正在把他所有的运气都冲刷殆尽。

"这里简直有点儿像伦敦!"亨廷顿爵士坐在宽大的皮沙发上暗自抱怨着。他忽然挥舞着手上那支粗大的雪茄烟愤愤地自言自语。眼下的这种情况已经够乱了,探索者联盟竟然还想继续杀人!

"亨廷顿爵士,有客人来访。"电话机里传来门卫的声音。

"请让他上来!"

很快,高大的木门被推开,俾乌长老如同往常一样慢吞吞地走了进来。

"长老,你有什么好消息吗?"亨廷顿爵士站起身来,他将双手摊开,故作轻松地问道。

俾乌长老看了亨廷顿一眼,一反常态地说:"好啊,我一直都想知道让你这么着迷的雪茄烟究竟是个什么滋味!"他毫不客气地从桌上的雪茄盒里拿起一根,熟练地用雪茄剪剪下了一端,用火点燃。

亨廷顿觉得俾乌长老今天有点儿奇怪。

"这个老俾乌在搞什么鬼?他今天怎么会一个人过来?"

俾乌长老坦然地坐了下来,他友好地看着亨廷顿爵士慢慢地说:"尊敬的爵士,你是一个天体物理学家,没错吧?"

"嗯,是的!"亨廷顿爵士感到更加奇怪了,本来还以为这个老俾乌会开门见山地抱怨自己的人没有找到质能转换器,可没有想到,他居然聊起了闲话。

看着脚下那四处飘散的雨丝,亨廷顿爵士觉得在这样的一个场合下谈起自己显得有点儿古怪,但他还是忍不住和这个来自外星的客人聊了起来。

"我从六岁那年起,就对天文学着了迷。我过六岁生日的那天,父亲给我买了一副天文望远镜。对我来说,从那时起,我就进入了这个行当。"他吸了一口雪茄,冲着俾乌长老耸了耸肩,笑了笑。

"哦!那你有一个很好的父亲!"俾乌长老看着亨廷顿爵士,意味深长地说,"我们柯昂人,也都是有父亲的。"

亨廷顿爵士此时倒是有些疑惑了,他从来没有想过柯昂人社会关系的问题。

"我也有一个很好的父亲,只是,他早就死了。"

"我很遗憾。"亨廷顿爵士皱了皱眉低声说道,他没有想到俾乌长老会和他提起自己的父亲。

"那已经是很久以前的事情了。"俾乌长老吸了口雪茄,浓郁的烟气在他的面前弥漫开来,几乎让他隐没在烟雾中。"我们柯昂人可以活到人类约三百岁的年纪,我的父亲就活了三百岁,也算是圆满了。"俾乌长老抬头看了亨廷顿爵士一眼,低声说,"我现在也快满三百岁了。"

俾乌长老看到亨廷顿爵士那一脸疑惑的样子,眯缝着眼问他:"尊敬的爵士,你觉得自己理想的一生应该如何度过呢?"

对于这个问题,亨廷顿爵士并不陌生。他很少和别人探讨这个问题,但是作为为科学奉献了一辈子的人,亨廷顿爵士觉得是时候认真考虑一下这个问题了。很快,他就要满七十周岁了。对于人类来说,七十岁意味着要考虑自己身后的事情了。

亨廷顿爵士看了看俾乌长老,不知怎的,此时他对面前的这个客人感到亲近,曾经的那种敌意在今天的这个话题下有了很大的缓和。"人类的生命要比你们短暂许多。但是,我们也很希望人类能拥有一种有质量的未来。"亨廷顿爵士的话弄得他自己也有点儿奇怪。

"是啊!"俾乌长老叹了一口气,随即轻轻弹了一下手上的雪茄。白色的烟灰四散飘零开来,如同宇宙中的繁星。他有些出神地说:"我们丢失了自己的家园,但是还是想为自己的同胞找到新的家园,让他们能够拥有有质量的未来。"

因为柯昂人的事情牵涉到政府的利益,作为组织的主席,亨廷顿爵士平常奉行一种不问也不说的态度,这非常符合他这个角色的要求。但作为一名科学家,一个具有浓厚好奇心的科学家,他其实一直想了解这些柯昂星人的来历,以及他们那些先进技术的理论根源。现在亨廷顿爵士看到俾乌长老似乎有兴趣谈谈关于柯昂人自己的事情,这对他来讲可是一个很好的机会。

"那么,你们是怎么来到我们太阳系的呢?"此刻的亨廷顿爵士像是回到了过去,他一如当年那个求知欲很强的年轻人,好奇地看着俾乌长老。

三十八

在接下来的几个小时里，俾乌长老几乎毫无保留地告诉了亨廷顿爵士想知道的一切。从柯昂人的技术突破，到进行外星的殖民，再到塞林人的进攻与柯昂人的流亡。展现在亨廷顿爵士面前的，是一幅波澜壮阔的柯昂人的史诗。

亨廷顿爵士就像个孩子一样，不时地提出问题，而俾乌长老也都会耐心地回答。

"在科学的殿堂里，只有真理才是值得尊重的。"亨廷顿爵士的内心不仅赞叹起柯昂人的技术水平，也对柯昂人关于技术的认知有了很深的感触。当俾乌长老说到塞林人由于废弃了家庭，走上了一条狂暴的发展道路，但是他们的技术却因此而无法实现飞跃的时候，亨廷顿爵士更是在心底里产生了强烈的共鸣。"这多么像古希腊的斯巴达人啊！"

亨廷顿爵士抬起头对着俾乌长老说："其实，我们也有个类似的古老民族，由于他们一味地追求集体的强大，但忽视了个体的完善，所以最终，他们在文明史上还是没有战胜貌似软弱但个体发展丰富的邻居。"

"其实柯昂人的文明在漫长的发展历程中也和你们地球人

一样，经受了许多的曲折，面临过很多的挑战。但是，最大的挑战其实并不是来自于技术的突破，而是每一次技术突破后对于人们那种可怕欲望的克制。"

俾乌长老意味深长地看了亨廷顿爵士一眼。"目前柯昂人暂时失去了家园，但我相信，我们依然可以重新建立我们的社会。经过长期的学习，我们已经拥有了克制自己欲望的能力，我们对于技术的每一次进步都怀有敬畏之心。"

"那么那些塞林人呢？作为同样的种族，难道你们不想为他们做些什么吗？难道就让他们一直处于那种狂暴的状态？"作为一个种族文化优越论者，亨廷顿爵士想当然地以为，柯昂人应当就像自己在地球上做的事业一样，由所谓优越的种族去引导其他的种族获得进步。

"其实，我们的那些同胞很不幸，他们得病了！"俾乌长老告诉了亨廷顿爵士塞林人与虫子的故事。

"那真的很可怕！"亨廷顿爵士皱了皱眉头说，"他们已经混入了不纯粹的血统！"

"可是，他们就潜伏在你们地球人的身边！"

"什么？"俾乌长老的这句话让亨廷顿爵士吃了一惊，他有点不敢相信自己的耳朵。

"这一点儿也不奇怪。虽然塞林人无法很快地实现科技的进步，但是他们的军事实力却不容小觑；何况，他们的技术也并不算太差，起码相对地球来说还是很先进的。他们和我们其实并没有太大的差距，如果他们的虫病治好了，很快就会超越我们柯昂人的。"

亨廷顿爵士深深地吸了一口雪茄烟，他微微闭上了双眼，陷入沉思。

俾乌长老看了看亨廷顿爵士，说："因为塞林人更加勇敢，也更有冒险精神；而这些，都是柯昂人目前精神上缺乏的。欲望其实是一把双刃剑，既能够带来毁灭，也能够带来新生！"

俾乌长老说完，亨廷顿爵士站起身来，背着手在宽大的办公室里踱起了步子。不一会儿，他似乎想到了什么，走到俾乌长老的面前问道："长老，你知道塞林人目前在哪里吗？是否还有其他人知道这些事情呢？"

"就在你们组织中，或者与你们的组织有着密切的联系。"俾乌长老看着亨廷顿爵士的眼睛说道，"尊敬的爵士，你知道吗？质能转换器八号开始已经由我的人找到了。但是你的人竟然也很快就发现了它的行踪，这样凑巧的情况，本来是根本不可能发生的。"

亨廷顿爵士皱着的眉头舒展开来，俾乌长老的话揭开了一直困扰着他的一个谜团。琼斯侦探为何如此迅速就能找到质能转换器的下落，这是这几天一直让亨廷顿爵士怀疑的问题。

"难道是塞林人牵扯进来了？"

"是的！"俾乌长老肯定地说道，"其实，我们的质能转换器八号有着非常危险的军事用途。在我们那里，一般是用它来进行远距离传输物资和部队；对塞林人来说，它的作用就是将对方的打击力量降低到最小。这就像将一个孩子忽然变成一个大人，他手上的玩具枪有了实打实的伤害能力！"

"原来如此！"亨廷顿爵士的眼前又浮现出那个鹰隼一般的眼神。"怪不得那个理查德参议员对这个东西是志在必得呢！原来如此！"他嘴里喃喃地说道。

三十九

"尊敬的爵士,你认为现在人类是否合适获得这样一个危险的礼物?"俾乌长老盯着亨廷顿爵士问道,"这就像把一只上了膛的枪递给过六岁生日的你。我们后面还有虎视眈眈的塞林人!"

俾乌长老的话显然打动了亨廷顿爵士,他的思绪又回到了几十年前过生日的那个夜晚——那晚,父亲掏出了一个漂亮的盒子,打开一看,他高兴得几乎跳了起来,那是一架镶嵌着漂亮花纹的天文望远镜!

正是这个精致的礼物,让他沉浸在对未知的求索之中,并最终影响了他的职业生涯。

想到这些,亨廷顿爵士的嘴角露出了一丝笑意。可他不禁转念又想:"如果当时盒子里的礼物是一把枪呢?自己当时也很喜欢枪呀!"

亨廷顿爵士将手上的雪茄烟熄灭,凑近俾乌长老,低声说:

"我完全明白你的意思,我同意你的判断,人类还没有达到掌握这项技术的心智!可是,政府似乎很醉心于这个质能转换器,虽然眼下根据我们之间的协议,转换器的资料暂时可以不进行交换,但理查德参议员是不会善罢甘休的!"亨廷顿爵士用力地摆了摆手,愤愤地说道,"这个人还想去竞选总统!"

俾乌长老看着亨廷顿爵士的眼睛慢慢说道:"所以,我希望你能够理解我的意思——我不想让任何人受到伤害。"

亨廷顿爵士的眼神似乎有些游移,他有些迟疑地看着俾乌长老说:"可是我派出的特别行动组好像已经在另一个国家对无辜的人造成了伤害。"

"你们杀了无辜的人?!"俾乌长老的目光忽然凌厉无比,亨廷顿爵士随即深深地喘了一口气,把自己早些时候接到的一系列信息,和自己的手下将一个异国年轻人暗杀的事情告诉了俾乌长老。

"可是,你要明白,我对这种事情往往是无能为力的。"亨廷顿爵士无奈地耸了耸肩,接着又摊开双手,"我其实很不愿意发生这样的事情。可是,你知道的,我们的组织没这么简单。"

俾乌长老挥了挥手打断了亨廷顿爵士的话,办公室里的气氛一时间显得有些沉闷。过了一会儿,俾乌长老严肃地说:"既然已经这样了,我们还有一个弥补的方法,可以让你交差。但是,你要答应和我协作。"

亨廷顿爵士忽然有种与俾乌长老惺惺相惜的感觉。作为一名科学家,他对很多新事物的态度,都是好奇心超过利益。就在刚才，这个来自外星的客人满足他好奇心的程度甚至要超过六岁时父亲给他的那支天文望远镜。他又想到如今在组织里，越来越倾向于暴力解决问题的趋势让他感到很不舒服。亨廷顿爵士叹了口气，看着俾乌长老说："只要不是什么涉及挑战人性的问题，我们都可以好好谈谈。"俾乌长老满意地点了点头。

纽约街道上的雨依然在淅淅沥沥地下，亨廷顿爵士的办公室此刻烟雾缭绕。自双方接触以来，俾乌长老还从来没有吸过这么多的雪茄。

"这雪茄还不赖，能够送我一盒吗？"

亨廷顿爵士忍不住大笑起来。在辽阔的银河系之中，没有了野心与欲望，不同的文明之间竟然也可以相处得如此融洽。

俾乌长老临走时看着亨廷顿爵士说："尊敬的爵士，不要忘记我们的约定。但也一定要对自己充满信心。每个孩子都是从蹒跚学步开始的。再见！"

亨廷顿爵士向背后宽大的皮质椅子悠然地靠了上去，今天的椅背格外柔软。他的嘴角泛起一丝微笑，就像拿到父亲给的生日礼物一样开心。

一颗银色的流星从纽约时代广场背后的一幢高楼上一跃而起，在不到半小时的时间内，载着俾乌长老的流星似的小型穿梭机就溅落到了几千公里以外的亚利桑那州的荒漠地带。

目前只有等到对塞林星进行消毒，对所有的塞林人进行治疗后，两个文明之间的战争才能告一段落，柯昂星大撤退才有意义，未来才能与塞林人更好地实现和解。

"不知道能不能再回到我遥远的家园。近期是该回一趟月球基地了。"俾乌长老出神地看着大地向自己俯冲而来，他感到有些疲惫，陷入沉思。

四十

俾乌长老与亨廷顿爵士就如何处理质能转换器八号达成共识以后,两个人便开始分头行动。虽然他们之间的利益并非完全一致,但是,至少在眼前的这种情况下,科学战胜了贪婪,理性战胜了无知。

而几乎与此同时,在纽约长岛郊区一幢宽大的私人别墅里,身材魁梧的理查德参议员正在和两个身份神秘的客人进行着激烈的争执。与礼貌而克制的柯昂人完全不同,他们的语气凶狠,表现得有些咄咄逼人。这两个客人正是渗透到地球的塞林人。

"记住,是我给了你们庇护!"在铺着豪华地毯的客厅里传来了理查德参议员气势汹汹的声音,他似乎对面前这两个客人的态度非常不满意。"没有我,你们什么都不是!"

"这一切恐怕并没有你想得那么简单!"其中一个客人毫不客气地回应道,好像并不在意理查德参议员的情绪。

"理查德先生,你可能需要正视一下现实。我可要提醒你,我们可不是胆怯的柯昂人,我们什么事都能干得出来,这一点你难道还不明白吗?"客人显然毫不示弱,继续理直气壮地说道。

"你这是在威胁我?"理查德参议员凶恶的眼神死死地盯住这个说话的客人。

"尊敬的参议员先生,我想你是误解了我们的意思。我们来到这里是为了寻求你的帮助,我们之间有着共同的利益。"另一个塞林人心平气和地说,试图安抚生气的参议员,"我们可以为你未来的当选助一臂之力,这个你应该是很清楚的。我们可以帮助你成为这个星球上最有权力的人。"

"可是,刚才你们提出的要求我是无法答应的!"理查德参议员从沙发上跳了起来,走到酒柜边给自己倒了一杯威士忌,试图抚平自己狂躁不安的情绪。

在客厅正对着的窗外,树木葱茏的花园里有两只小鹿正在低着头慢慢地吃草,一派祥和景象。而宽敞的客厅里,两股力量的争吵仍在继续。

"你们竟然让我把月亮给炸了,难道你们是疯了吗?"在干了一杯威士忌以后,理查德参议员缓过神来,他夸张地挥舞着两只手臂冲着面前的那两个客人继续叫道,"你们必须知道,我们太阳系里的事情应该由我们地球人来做主,而不是由其他什么星人过来指手画脚!"

"可是,参议员先生,你大概还不知道你们的月亮早就被其他人指手画脚了吧!至少在近一百年,它已经不属于你们地球人了。难道你还打算对着这个可疑的月亮作些诗吗?"

听到这样的戏谑,理查德参议员脸色涨成了猪肝色,他愤愤地嚷着:"混蛋!怎么会有这样的事情!难道真的有外星基地在那里?"

两个塞林人相视一笑。"尊敬的参议员先生,你太天真了。这些都是真实的资料,你先好好看看吧。"说完,一个塞林人冲茶几上丢下了几张照片。理查德参议员不耐烦地弯下腰将这些图片捡了起来,看了一会儿,他那猪肝色的面孔又变得惨白。

理查德参议员在客厅里踱起了步子,他一边摇头一边恨恨地低声说:"这些柯昂人!我们的协议只是允许他们在地球上临时办公!"

"尊敬的参议员,这就是你必须要获得最高权力的原因!要知道,只有你们的总统,才能真正接触到这样的机密;而现在,只要你愿意和我们合作,你的梦想就已经实现了。"

面对塞林人的怂恿,理查德参议员沉寂了一会儿,将杯中的威士忌一饮而尽,他重重地叹了一口气,不甘心地说:"好吧!但是我有一个疑问,你们把他们驱逐走不就可以了,为什么还要炸了我们的月亮?"

"要知道,参议员先生,月球已经是柯昂人一个很大的基地了,这对于我们塞林人来讲是一个很大的威胁。而且,我们需要借助你们的武器去摧毁这个月球基地。目前我们无法携带大量武器来你们太阳系。"

理查德参议员冷冷地看着眼前的客人,没有立即回应。

"其实,最大的获益方是你,尊敬的参议员,你将成为最有权势的地球人！"看到理查德参议员依然没有什么太大的反应，塞林人紧接着又补充道，"而且，我们还可以给你一些价值不菲的礼物，地球上也只有你拥有这些技术。到时候，你就可以轻易地奴役他人，而不会受到任何的谴责。"

听到这儿，理查德参议员的眼睛里掠过了一丝难以察觉的光芒。他故作镇定地说："先不用说那么多，你们的意思是我先帮你们拿到质能转换器八号，然后你们帮助我竞选总统；事成之后，我用地球上的核武器去摧毁月球，作为回报，我将会得到你们所提供的一些优良技术。"

说完，理查德参议员走到酒柜边，又给自己倒了一杯威士忌，一抬头便喝干了，转头盯着面前的两个客人慢慢地说道："你们是这个意思吗？"

"完全正确，尊敬的总统先生！"

"哈哈哈哈！"理查德参议员忽然爆发出狼嚎一样的大笑声。他抬起头来，把双手向头顶的方向摆了摆，得意地说："月球，再见了！"偌大的客厅里很快传来了一阵阵邪恶的狂笑声。

塞林人走后，理查德参议员拨通了亨廷顿爵士的电话，约定待会儿见面。亨廷顿爵士在电话里愉快地表示，质能转换器项目有了新的进展，自己正好想要和他见个面。理查德参议员又拨通了另外一个神秘号码，电话那头对他的来电似乎有点紧张，吞吞吐吐地表示将会开展下一步的行动。理查德参议员一言不发地挂了电话，他的脸色显得特别难看。

参议员一脸阴沉地走向酒柜，给自己倒了一杯威士忌，有些郁闷地靠着巨大的落地窗坐了下来。他那对如同鹰隼般的眼睛此刻盯着杯子里的液体映出的户外花园，只见那两只小鹿依然在那里一边亲昵，一边吃草。

四十一

俾乌长老乘坐的小型穿梭机已经顺利降落了。几乎在落地的一瞬间,他就发现了处于拟态保护中的另外一架小型穿梭机,那拟态是一辆看起来只有三个轮子的破败的老式福特野马跑车,它那残破的身躯就瘫在地下室的入口处附近。显然,尼娅已经回来了。

地下室里,紫色的灯光罩着一个年轻的男子,那苍白的面容意味着他的生命活性遭受了重大的打击。在宽大的旧沙发上,一个年轻的东方女子失神地靠在尼娅的身边,她的眼睛里还噙着泪水。尼娅不时地在这个年轻女人的肩膀上轻抚着,嘴里还在低声地诉说些什么,像是在安慰她。

在简单地问过情况以后,俾乌长老终于明白了整件事情的来龙去脉。他深深地叹了一口气,对眼下的情况感到担忧。结合卡佩所提供的信息,俾乌长老判断,目前塞林人很有可能已经知道了柯昂人的月球基地。虽然塞林人的科技发展水平还没有能力携带大型的武器进行长距离运输,但是,这终究是个潜在的风险。

当初俾乌长老之所以带领自己的团队选择太阳系这样一个

偏远区域，就是担心塞林人会丧心病狂地到处追捕柯昂人，从而影响原本给塞林人整体消毒的计划。而在现在这样一个错综复杂的局面下，如果地球人中的败类和塞林人联起手来，那么柯昂人月球基地的危险性就会大大增加。毕竟，地球人目前掌握的武器已经具有毁灭一个星球的力量。

俾乌长老不想失去苦心经营了一个世纪的月球基地，更不愿意狂暴的塞林人的卷入而使得地球人遭受损失。看着这个静静地躺在生命平衡系统中的年轻人，俾乌长老暗暗下定了决心。他抚摸着自己干瘪的胸口，重重地喘了一口气，一种异样的光芒从他的眼中升起。他看着尼娅，缓缓地说："这样的事情我不会再让它发生了。"

尼娅看着俾乌长老，低声用汉语说："对不起，长老，这种局面都是我的过失造成的！"她身旁的那个年轻女子似乎被这句话所触动，忽然又抑制不住地抽泣了起来。

俾乌长老冲着尼娅摆了摆手。"孩子，这些都是偶然状况。记住，谁都会遇到坏运气的，你不要太过于自责。保持积极与热情！"他转过身温和地问年轻女子："你可以告诉我你叫什么名字吗？"

"春玲！"尼娅抢着回答道，"季春玲！"

俾乌长老也慢慢地用略显僵硬的汉语看着春玲说："季春玲小姐，你放心，我一定会把你的爱人还给你！"

春玲抬起头，看着眼前这个慈祥的外星老人，又忍不住"哇"的一声哭了出来。俾乌长老靠近她，握住她的手，慢慢地说:"你不要太担心,给我些时间。"随即就转过身去,盯着那个在紫色光晕里的年轻男子。

狭小的房间里此时一片寂静,春玲用祈求的目光看着俾乌长老有点弯曲的后背,尼娅继续轻抚着她的肩膀。此刻,春玲虽然离中国有万里之遥,又身处完全陌生的环境当中,但是有了两个和蔼的柯昂人的陪伴,她的内心却感到了一丝家园的温暖。

家园,无数人所憧憬的字眼。它可以是一幢小小的房子,可以是一片金色的玉米地,可以是一望无际的草原,可以是汪洋大海中的一艘小船。无论它以什么样的面貌出现,家园都是一种精神的寄托。

有希望的地方就是家园,有关怀的地方就是家园,有爱的地方就是家园。

春玲痴痴地看着生命平衡系统平台上那层紫色的光晕,此时她多么希望自己的家明能够很快醒来啊!她眼前又浮现出前几天晚上,两人缩小后躺在别墅模型里,家明捏着她鼻子与她说悄悄话的情形。只要两个人能够在一起,哪怕他们在上海租一辈子的房子,也是甜蜜幸福的。

俾乌长老转过身来,看着春玲和蔼地说:"春玲小姐,现在我可以向你保证,我一定会把何家明先生送回到你的身边。"春玲听到这句话,身体一下子瘫软了下来,要不是尼娅扶住,她差一点就要跪下去。

春玲这个想跪下去的动作让俾乌长老感到非常吃惊,他只在柯昂文明远古历史记载中见到过这样一种姿势。他赶忙走过来扶住了春玲的手安慰她。

尼娅拍着春玲的肩膀，温柔地说："春玲，我们长老是一定会说到做到的，请你放心！"春玲抬起头呆呆地看着俾乌长老，只听见长老微笑着对她说："春玲小姐，我答应你把何家明先生安全送回到你的身边。但是，你也要答应我一件事情，好不好？"

"只要能把我的家明还给我，我什么都会答应你们的！"

"好！"俾乌长老慢慢地坐了下来，对着尼娅说："把质能转换器八号拿过来。"尼娅一愣，从旁边的桌子上把黑盒子递到了长老的手上。俾乌长老双手捧住黑盒子，看着春玲说："这个盒子，就放在你那里吧。"

看见这个黑盒子，春玲打了个激灵，像躲避毒蛇一般把头扭了过去。她伤心地抽噎着说："如果不是这个盒子，我的家明就不会这样啊！我不要这个东西。"

"春玲小姐，这个盒子本身是没有问题的。"俾乌长老缓缓说道，"我们应该去惩罚的是那些坏人，而不是这个盒子。你说对吗？"

四十二

春玲低下了头默默地抽泣；而此时尼娅在一旁觉得很奇怪，她用疑惑的目光看着俾乌长老。俾乌长老对尼娅说："尼娅，联系一下亨廷顿爵士，让他等我一下，我会在今天下午亲自把质能转换器八号送到他办公室。"

"什么？"尼娅睁大了眼睛，"长老，你是有另外的打算吗？"春玲听不懂他们在说什么，但是她注意到尼娅那好奇的声音，便也把头抬了起来。当她眼角瞟到笼罩着家明的那一圈紫色的光晕时，春玲内心如刀割一般。

"我已经三百岁了。刚刚卡佩从基地过来，我把自己掌握的所有资料都交给了他。"看着尼娅有些失神的眼睛，俾乌长老笑了一下。"孩子，未来应该是属于你们年轻一代的。我已经向长老院通知了，卡佩将成为下一任长老。"

"什么？"尼娅惊叫道，"长老，我们需要你！我不想你成为盒子里的生命。"

"尼娅！"俾乌长老慈祥地说，"每一段生命都有他的使命，正是因为个体的生死，我们柯昂人的生命文明才能像一条大河一样，奔腾不息。其实，塞林人也是我们这条大河的一个支流。我们柯昂人的文明,终将如同那漫天的星辰,洒落在银河系的各个角落。"

俾乌长老的眼神变得有些暗淡,像是在看着遥远的地方,他慢慢接着说:"我们每个个体的生命循环就是要替未来的整体生命文明做准备。这并不是为了什么崇高的事业,生生灭灭,这就是生命,这就是文明的本质。"

尼娅的脸上显出一丝难过。俾乌长老顿了顿,说:"只是,躺在这里的年轻人与这个女孩其实已经无法再回到他们从前的生活了。"

"什么?"听到这里,尼娅脸上流露出了惊讶的神色,她忍不住轻轻叫出声来,似乎有些不敢相信俾乌长老的话。俾乌长老继续说道:"尼娅,你知道吗?这个年轻人的身体遭受了重大的损害,虽然你及时将他放入了生命动能平衡系统,但这显然无法挽回他真正的生命。"

春玲脑子里一直都有些混乱,但是此时,她终于听清了俾乌长老在说什么。她再次绝望地哭了起来,嘴里喃喃地说:"你们骗我!你们骗我!"泪水从她的眼中如泉水般涌了出来,打湿了她的衣襟。

尼娅一边搂住春玲轻拍着她那颤抖的肩膀,一边疑惑地抬头看着俾乌长老说:"可是,长老,我们刚刚才答应过这个女孩,我们一定会把这个年轻人完好地交还给她呀?"

俾乌长老静静地说:"尼娅,你知道吗?现在只有把这个年轻人送往我们的月球基地,才能真正将他修复并激活。目前使用这套维持生命动能平衡系统也只是权宜之计。这也就是我把质能转换器八号交给这个女孩保存的一个重要原因。一方面,我们将来想找到这个女孩会很方便;另一方面,到时候他们之间也比较好再次相认。等到能够让这一对年轻人再次见面的时候,他们已经很难认出彼此了。"

春玲的抽泣声慢慢小了下来,她抬起头看了看身边的尼娅,两个人交换了一下眼神,只听见俾乌长老继续道:"当然,在实施接下来的所有计划之前,我会关闭这个质能转换器八号所有的信号启动系统。"

尼娅看着日渐衰老的俾乌长老,不禁百感交集。柯昂人虽然技术发达,但是在情感上依然和他们的祖先一样,温和而善良,更多地为他人考虑,崇高的道德自律已经渗透进这个文明的内核。

尼娅像是想到了什么,她有些担心地问:"可是长老,我们要怎么做呢?地球人似乎并不太好对付。"

"孩子,你不用担心,亨廷顿爵士是一个通情达理的人,我已经和他达成了共识。他会协助我们完成这一切的。他骨子里毕竟还是个科学家。"

俾乌长老用怜悯的眼神看了看此刻有些呆滞的春玲,缓缓地说:"我已经通知卡佩从月球基地出发,他现在就在来的路上了。接下去还有一些时间,尼娅,我们需要和春玲小姐好好地谈一谈我们的计划了。"

与此同时,三十八万公里以外的月球轨道上,一艘约两个篮球场大小的柯昂飞船启动了。为了避免不必要的麻烦,飞船在弹射之前就进入了隐身状态。飞行器在发出一道炫目的白光以后,瞬间就消失了。轨道上飞船本来所在的区域随即散发出一种雾气,那是引力场被短暂扭曲后而呈现的宇宙尘埃的散射效应。

伤心的春玲又抽泣起来。尼娅依旧温柔地抱着她,轻抚着她的肩膀。俾乌长老安慰她:"春玲小姐,这就是事实,我们不得不接受。但是你一定要相信我们,我们的科技一定能够真正修复何家明先生的生命机体。"

"可是!"春玲哽咽着说道,"为什么要那么长的时间呀,那可是三年呀!"说完,她又低下头失声痛哭起来。

俾乌长老握住春玲的手耐心地给她解释:"春玲小姐,这一切时间的花费可不仅仅是为了你,更多的还是为了你的家明呀。"看着春玲沉浸在痛苦中的表情,俾乌长老像是想到了什么,他接着又慢慢地说:"春玲小姐,爱一个人就要多为他考虑,是不是?当然,有时候我们自己是要付出极大的牺牲,甚至是我们的生命的。"

春玲终于停止了哭泣,她用浮肿的双眼看着俾乌长老哽咽着说:"可是,这三年的时间没有家明,我可怎么活呀?我一分一秒都不想和他分开呀!"

俾乌长老轻轻地笑了。"其实,家明按照你们地球人的概念,他已经临床死亡了;我们现在,要做两个方面的事情。首先是要保持并修复他的身体机制;其次,也是更关键的,就是要重新赋予他生命。记住，春玲小姐，这不是简单地将他大脑中的信息保存下来的问题，我们需要的是完整的，那个依然有血有肉的、爱你的家明。不是吗？我们可不是只简单地克隆一个你的家明呀，我们需要召唤回他的灵魂！"

俾乌长老的话确实有道理，尼娅也是头一次听说复活一个人的运行机制。

"春玲小姐，你知道吗？我们需要一个真实的何家明回到这个世界，回到你的身边，而这些都是需要时间的。记住！待会我们就将把何家明送到我们的月球基地进行修复。给我们三年的时间，我们就会把家明送到你的身边。"

看到春玲的眼中燃起了希望的光芒，俾乌长老又指了指桌上的质能转换器，微笑着说："春玲小姐，这个黑色的盒子你先替我们保管三年，到时候我们会用你的家明来换回这个黑色盒子的。"

"真的需要三年吗？"春玲终于抬起头来，这个年轻的女子美丽的脸庞现在已经异常憔悴，短短的半天时间经历了如此多的变故，她实在已经疲惫至极。

尼娅温柔地搂住春玲，轻轻说道："春玲，你不用担心，三年很快就会过去的。请相信我们。"看到春玲没有作声，尼娅接着又说："你只要把这个盒子随身放好，我们就能够随时找到你。这个也算是我们和你之间的一个信物。"

春玲默默地点了点头。毕竟，眼下还不算是最坏的结果，善良的柯昂人是不会撒谎的，春玲能够从内心里感受到他们真挚的情感与善意。

况且,三年确实也不算是太长时间。三年以后,他们还是很年轻,只要家明回来,他们的生活就会重新回到正轨。他们也一定能够继续他们的梦想,继续他们的生活!

春玲是一个坚强的女孩子,她最后看了一眼笼罩在紫色光晕中的家明,看到家明那略显消瘦的面颊似乎隐隐有了一些红润,她的心里终于稍稍安定了一些。

四十三

　　一望无际的沙漠尽头，红彤彤的太阳向天地相接处压了下去，废弃的小镇此时的温度迅速地降了下去。夏日的傍晚，热风呼啸着在空无一人的街道上奔跑游荡。

　　随着一阵低沉的轰鸣声，被夕阳渲染的天幕中，一只巨大的碟状飞行器如同一朵乌云一般向着干燥的地面压了过来。

　　随着隐身状态的解除，公路上的碎石子在强大的引力作用下，如同被筛子震动一般，纷纷悬浮到半空处上下翻飞。

　　随着动力引擎关闭，碟状飞行器悬停在加油站的上方，那些翻腾在半空中的碎石子又"哗"的一声落回了地面，四周很快恢复了寂静，只有逐渐变凉的晚风继续在破败的街道上流窜，像是从没有发生过任何事情。

　　地下室通道的门从外面被打开了，来的正是卡佩。他略微弯了一下腰，朝着坐在沙发上的人们走了过来。

　　"长老！"卡佩近身向俾乌长老鞠了一躬，随即用眼角扫了一下坐在一边的尼娅，不太自然地点了点头："尼娅！"

　　尼娅眼神里有些茫然，她咬了一下嘴唇，悄声答道："卡佩！"

俾乌长老看到卡佩对眼前的一切有些疑惑，便简要地把情况告诉了卡佩。

在交代完所有的任务以后，俾乌长老对卡佩说：

"现在，你就负责把这个年轻男人送入月球基地的康复中心，让他在那里安静地修复。三年后，他会恢复正常的。到那时候你们再激活我的意识，我的意识会安排这个年轻男人和这个女孩见面的。"

"好的，请长老放心。"卡佩说着就要向放置家明的平台走去。忽然，他似乎想到了什么，有些迟疑地问尼娅："那你和我一起回去吗？"

尼娅看了俾乌长老一眼，低下头轻轻地说："我还要在这边处理一些事情，处理好了我就回去，塞林人已经知道我们的情况了。"

俾乌长老说："我待会儿去亨廷顿爵士那里。我已经知道那个理查德参议员企图和塞林人勾结。我需要把事情处理好，尼娅在这边陪着我把事情办好，她再回基地。记住！卡佩，现在地球上已经和过去不一样了，这里不再安全了。"

"好的！"卡佩看了俾乌长老一眼，有些踌躇地说道，"长老，你可要小心一些。"

一边的尼娅有些伤心，只听她说道："你快带这个年轻人走吧，这边的事情有我在，你放心！"

卡佩像是不太明白接下来究竟会发生什么，他只是温柔地看着尼娅说："你也要小心一些，注意安全。"

俾乌长老又转向了春玲，和善地说："春玲小姐，现在，和你的家明告别吧。我保证，三年以后，他一定会回来的。"

对春玲来说，眼前确实是生离死别。虽然只是三年，但对春玲来说，有太多的不确定因素了。这个女孩即将面对的是许多无法向他人解释的纠葛，所发生的这一切对她来讲确实是一个巨大的压力。

但谁又能预见未来的命运呢？未来，其实对于任何生命来讲，都有一种不可知的诱惑。有的时候，未来和希望紧紧相连，而有的时候，它却是看不见的深渊。

只见卡佩用一种奇特的六边形装置将家明的头脚固定好，很快，一层绿色的光将本来笼罩在家明身体上的紫色光晕遮挡了起来。就在春玲想再看一眼家明的时候，通道的门缓缓关上了。

春玲的眼泪止不住地滴了下来。"三年呀！"她自言自语道，心里就如同刀绞一般。

悬浮在加油站上空的飞行器迅速启动了，它无声无息地垂直向上划过夜空，迅速冲破了大气层，在调整好角度后，向月球基地急速飞驰过去。在它身后的地球，一如既往地沉睡在那如同黑色天鹅绒般的宇宙中，无数的生灵则继续着他们的忙忙碌碌。

家明的身体就那样静静地躺在一个密闭的透明体内，这个透明体的外部呈现为固体，向内则慢慢由一种胶冻状转化成为完全的液态；本来笼罩家明身体的那一圈紫色的光晕已经完全消失，此刻只剩下如同死寂一般的淡淡的白光。

在地球人看来，家明应该属于死亡状态，但是柯昂人那先进的生命科技此时正在发挥着令人惊异的作用。在这个已经丧失了生命活性的躯体内部，此刻正有无数纤细的结构从那种胶冻状的材料中蔓延出来，并与这具身体合而为一。一个神秘而顽强的地球生命体正在努力地进行修复重建中。

未来的柯昂长老卡佩，正目光坚毅地看着屏幕上闪烁的数据。忽然，跳动的数据几乎在瞬间又幻化成了一位挺拔而健硕的女郎。卡佩有些害羞地摇了一下头，似乎想要驱走眼前的幻象。

"塞林人就要来了。"卡佩的大脑里回旋着俾乌长老刚刚说过的话。面对月球基地的危机，他皱紧了眉头，捏紧了操纵杆，决心暂时先将自己的情感压制住。漫天的星辰从飞船中那个全息星图上掠过，而此时，在银河系的深处，柯昂人关于对塞林星的消毒计划也正在紧张地筹划当中。

"只有仁慈而负责任的文明才应该得到宇宙的奖励。"这是卡佩从小就接受的训诫。想到野心勃勃的理查德参议员，卡佩不禁皱起了眉头，他忍不住对人性的邪恶感到厌恶。可是，刚才自己看到的年轻女子对眼前这个男人的爱又深深打动了他，他的心里像燃起了一把火。

"这是一个多么奇怪的文明呀！"卡佩心里想，"这些地球人之间是如此的不同，他们既有那么纯真的爱，也有如此的邪恶！"

四十三

"也许，宇宙中的文明都是这样的吧！"卡佩叹了一口气，自言自语道。

巨大而冷寂的月球慢慢出现在了他的面前，这里看起来完全是一个荒芜的所在。但如果有人绕过宽大的阴影到达它的背面，就一定会被那繁忙而生机毕现的壮丽景观所震撼。

厚重的飞船向着月球背面的柯昂人基地缓缓地降落了下去。

四十四

"现在,尼娅,就让我们一起陪着春玲小姐返回中国吧。""春玲小姐,你还有自己的生活,把家明交给我们,你一定放心!"

此刻的春玲心情已经稍稍平复,她甚至已经规划了未来这三年的计划:好好学习,努力工作,有空就去看望家明的母亲。"等到三年以后家明回来,我们就立刻去结婚。"春玲在心里暗暗地想。

"真的是谢谢你们!"面对面前这位令人尊敬的柯昂人长老,春玲表达了发自内心的感激。

"这是我们应该做的。"俾乌长老一边说一边缓缓转过身去,又从桌子的抽屉里拿出一只小袋子,喘了一口气说:"春玲小姐,这个请你收下,这是我们的一点心意。"春玲打开这只袋子一看,是一张银行卡。

"这张银行卡里有一百万美元,这是我们的歉意。我们没有想到会让你们承受这么多的苦难。"俾乌长老温和地看着春玲,轻轻地点了点头。

春玲有些焦急地摆着双手说:"不行,这我真的不能收下,你们能够在三年以后把我的家明带回来,我已经很感激了,这个钱我是绝对不能收的。"随即又扭头看着尼娅向她求助。尼娅看着春玲,握住她的手温柔地说:"你是一个女孩子,未来几年还是要用到钱的;而且,我在给你的家明进行脑部扫描检测的时候,注意到他家里还有很多经济上的困难。所以,我们希望你不要推辞。"

尼娅把银行卡和那个黑盒子一起放入了一只小型的行李箱,这是家明出差经常用的那只行李箱。她轻轻拍了拍春玲的肩膀说:"春玲,我们出发吧。"

春玲也不好再推辞,就这样和俾乌长老他们一起来到了地面。已经有些寒意的沙漠此时四周一片漆黑,在他们的头顶上,呈带状的银河系正散发着璀璨而迷离的光辉。俾乌长老抬起手来,指向闪烁的带状星河的一端:"瞧!我们的柯昂星就是在那个地方。"

春玲抬头看了一下横亘在天际的星河,根本无法分清楚那无数灿烂的星辰哪颗是哪颗。天边的那一弯新月,才是春玲现在最记挂的地方。昏黄的月牙,现在对于春玲来讲,已经有完全不同的意义了。在未来无数个夜晚,春玲都会去抬头仰望它,在那里,有她青春的记忆,有她未来的梦想,有她那年轻的爱人。

尼娅启动了小型穿梭机。随着周围空气轻微的颤动,穿梭机铮亮的外表一下子从黑暗中凸显,椭球型的结构显得异常饱满有力。俾乌长老和春玲先后登入了舱内。随着一声清脆的声响,穿梭机本来铮亮而清晰的外表面立刻散成了一团模糊的光晕,并几乎在瞬间就从外观上消失了。地面上散落的垃圾碎屑纹丝不动,只有一些发出沙沙声的夜行动物的脚步声偶尔打破这沙漠中夜的寂静,无尽的黑暗周围像是什么也没有发生过。

春玲今天的经历是如此不同寻常,这让她的身心疲惫不堪,她歪倒在穿梭机乘员的座椅上,很快就睡着了。一个小时后,众多的高楼大厦慢慢出现在了地平线上。上海,这座巨大的东方都市,出现在尼娅眼前。

上海的天气此时有点儿昏暗,傍晚的阳光被笼罩在一层阴郁的雾霾中。和家明、春玲一般年纪的年轻人依然在这座城市继续着他们的辛劳与挣扎。他们在写字间的格子里,在楼宇之间,在车流中,在街巷上忙忙碌碌,各自挥洒着自己的青春。

喧嚣的都市一如既往地繁忙,谁也不会注意到在闹市边缘一片居民区旁某幢高楼的顶部,尼娅已经将小型穿梭机稳稳地降落在一处宽阔的平台上,这里离春玲和家明租的房子并不远。

"春玲小姐,请你放心,我们一定会将家明带回到你的身边。另外也请你放心,再也不会有任何人来骚扰你了,希望你在这几年照顾好自己。"临别时,俾乌长老没有多说什么,但他的承诺和叮嘱让春玲的信念坚定了许多。和俾乌长老道别以后,尼娅陪着春玲离开了穿梭机。为避免被人注意,尼娅启动了时空扭矩装置,就在这片居民区周围的人觉得有些头晕眼花的时候,春玲带着尼娅悄悄回到了自己的家。

因为时空扭矩产生的不适,尼娅扶着春玲坐到沙发上休息了一会儿。当看到屋内一片狼藉时,春玲又想起了此时已经身处月球的家明,不禁心里一酸,又开始抽泣起来。

心力交瘁的春玲终于慢慢地睡了过去。看到这个孤单的女子眼角依然挂着的泪水,尼娅也百感交集。她忍不住想到了自己的身世。作为一个孤儿,经历过孤单的童年,尼娅又何尝不希望能够有一个人一起分担她的喜怒哀乐呢?

"有一个家该有多好呀!"尼娅回想起离开柯昂星后,自己一直在月球基地过的军旅生活,她的眼里又浮现出一个健硕的身影,那是卡佩!尼娅的脸上不禁有些发热。

目前是个非常时期。地球上的野心家和狂暴的塞林人正在勾结,即使没有质能转换器八号,邪恶的势力也还是要挑起事端;远方传来的消息也提醒着尼娅,关于塞林星的消毒计划正在筹备中,她还有许多任务要去执行。

想到这些,眼前卡佩的身影又淡了下去。不一会儿,尼娅听到已经沉入梦乡的春玲发出了一阵略有起伏的呼吸声,便再次悄悄扭动了时空扭矩装置,返回了穿梭机。

此时,俾乌长老已经在舱内将另一只和放在春玲那里的质能转换器八号看起来一模一样的黑盒子取了出来,只见他双手轻抚着这只黑盒子,意味深长地看着尼娅点了点头,目光中透出一种如释重负的轻松。

上海被一层淡淡的雾所包裹,它的空气虽然没有柯昂星的城市那样纯净,但散发着一种淡淡的芬芳气息。俾乌长老在空旷的楼顶平台上稍稍转了一下,发觉这座都市的房屋与建筑和纽约看起来也差不了许多,只是更新一点而已。

"人类,总是制造这些难看的建筑物!"俾乌长老摇了摇头自言自语道。

四十五

肯尼迪国际机场停机坪上流光溢彩,无数闪烁的导航灯将巨大的候机厅衬托得异常轻盈,夜晚的国际航班经过漫长的飞行终于稳稳地降落在了跑道上。

副驾驶基洛夫小心翼翼地将庞大的客机机身轻轻地靠在了舰桥的边上,随后便关闭了发动机的动力。客舱里开始欢腾起来,空乘们甜美的感谢声与道别声开始回荡在机舱里乘客们的耳朵边。此时,只见机长那只肥大的鼻头正在有规律地上下起伏,显然,他已经喝多了。

这是基洛夫作为副驾驶第一次降落在这样一个璀璨的机场,他显得有点儿激动。他抬手拿过女儿的照片正要轻吻,忽然发现遥远的天际有一颗银色的亮点朝着机场的方向射了过来。

"这不可能是人类的速度!"基洛夫正要高声惊呼,可看着此时身边的机长正安详地打着呼噜,他只好冲着那只上下起伏的肥大鼻子笑着嘟囔道:"我就不打扰你了,我可不是那种会吵醒别人睡觉的家伙。"随后便看着照片里可爱的女孩把嘴凑了过去。

纽约，这座沸腾的都市，深夜时分却依然灯火通明，天际那一层层的云朵被都市里的灯光映衬出五彩斑斓的光芒。时代广场的背后，一幢大楼高耸入云，正是亨廷顿爵士办公室所在的那幢大厦。

一个略显矮小的身影拎着一只小行李箱慢慢地从街角处拐进了那幢摩天大楼的大厅，大厅屋顶上那巨大的水晶灯白得有点刺眼，前台的保安正在摆弄着手机。进来的这位正是俾乌长老。

"请帮我联系亨廷顿爵士，就说客人俾乌来访。"俾乌长老瓮声瓮气地说。

"好的，您请稍候。"保安放下了手机，拿起身边的通话机，他一边等待，一边冲着俾乌长老微笑了一下，露出口中那参差不齐的牙齿。

"亨廷顿爵士请您上去。"保安客气地走到电梯前，替俾乌长老按下了按钮。"谢谢！"俾乌长老和善地看了保安一眼，便走进了电梯。闸门迅速地合上，电梯直奔顶楼。

随着一声清脆的铃声，电梯门开了，亨廷顿爵士的办公室大门敞开。

俾乌长老缓缓走了进去，只见办公室里除了亨廷顿爵士有些阴郁地端坐在自己的椅子上，理查德参议员也坐在里边，神情很是不爽。

"欢迎，欢迎，俾乌长老！"亨廷顿爵士看到俾乌长老，脸上的阴郁一扫而空。他微笑着起身请俾乌长老入座。

"你请坐。看样子你一定给我们带来了好消息。"

听到这话,理查德参议员的眼睛猛然一亮,他挺直了腰,几乎忍不住要站起来。

"我希望这是一个好消息!"俾乌长老瞟了一眼有些坐立不安的理查德参议员,自顾自地慢慢坐了下来,随手把手上拎的小行李箱放在身边。看起来这是一个很普通的小型行李箱。

"我可以来一支雪茄吗?"俾乌长老不紧不慢地说。

"当然可以!"亨廷顿爵士爽快地将雪茄烟盒推给俾乌长老:"你请自便!"

俾乌长老捡起一支雪茄,撕开锡箔纸,用桌边的火柴点着后悠然地吸了一口。随着烟雾升腾,屋内弥漫出一股雪茄的香味。"美妙的芬芳总是叫人难忘啊!"俾乌长老不禁暗暗感叹。

"嗨!俾乌长老,我们希望你能够尽快满足我们的需求。我们可不想在这件事上浪费更多的时间了!"坐在一旁的理查德参议员看到俾乌长老那悠闲的神情,更加不耐烦。

一想到从傍晚开始自己就在这里等着这个老家伙,理查德参议员有些恼火。本来这个时候,丰富的夜生活已经开始了,要不是为了那个觊觎已久的宝座,他才不会在这里陪这两个老头呢!

显然,理查德参议员对俾乌长老慢吞吞的做派很是不满,他希望能够尽快切入主题,然后拿到自己想要的一切。

欲望，就像一条毒蛇一样，时时刻刻将他不安分的野心笼罩。

"参议员先生，你总得让我这个老年人喘一口气吧！"俾乌长老不无讽刺地看了一眼理查德参议员。

"东西看样子你已经带来了？"亨廷顿爵士为了避免尴尬，便抢先问道。

"是的，总算是物归原主！"俾乌长老将身子向后靠了靠，他挥着拿着雪茄的手说道。随着他手的轻轻摆动，雪茄燃烧一端的灰烬飘洒了下来，落在黑色的硬木地板上，如同在夜空中撒下一片片雪花。

"本来这个质能转换器八号应该转交给我方的研究人员，可是，中间出了重大纰漏。虽说按照协议，我们失去了获得资料的权利，但我仔细读了一下协议，在一些例外情况下，我方还是可以单独获得实物以进行独立研究的。"亨廷顿爵士微笑着看着俾乌长老说道。

看到俾乌长老若有所思的样子，亨廷顿爵士接着又说："我的意思是，其实我们没有必要细抠那些字眼。瞧，那些条文都是律师弄的。可我们都是科学家，我们追求的是真理，而不是什么协议条文。不是吗？"

"够了！"理查德参议员粗暴地打断了亨廷顿爵士的话，他恶狠狠地盯着俾乌长老说："我希望你们不要忘记自己客人的身份。作为政府代表，我希望你们将实物和技术同时转交给我们，这样对你们是有好处的。否则！"

"否则？"俾乌长老毫不客气地看着眼前这个气势汹汹的理查德参议员，流露出一丝不屑。

"我还没有老到忘记贵方的代表是谁的地步！据我所知，我们签署的是三方协议。我方是由我签字的，贵方签字的是你们的总统阁下，而见证的一方应该是亨廷顿爵士所代表的探索者联盟！"俾乌长老喘了一口气，接着说道，"参议员先生，我不知道你现在究竟能够代表哪一方呢？"

理查德参议员的脸涨成了猪肝色，他愤怒地叫道："我不是来研究什么文字条款的！希望你明智一点，和我们好好合作！塞林人已经知道你们的下落了！"

俾乌长老瞟了亨廷顿爵士一眼，轻描淡写地说："哦，这样啊。这是难免的事情，迟早会发生的。可是，这与我们之间的协议又有什么关系呢？我想，我们还是应该在协议的框架里去解决问题更好吧！"

"是啊！是啊！"亨廷顿爵士连忙接上话茬，"本来，我们今天就是想在既有的协议框架体系内把问题解决，对吗？参议员先生，我想我们会得到一个两全其美的办法的。"

"我可没有闲工夫在这里说这些废话！"理查德参议员再次否决了亨廷顿爵士的建议，他握紧拳头冲着俾乌长老嚷道："你这个外星老头，我可以明确地告诉你，如果你不把这个质能转换器和它的技术资料交给我们的话，我就把月球基地夷为平地！你不是说我没有资格来代表吗？实话告诉你吧，塞林人将为我的竞选助一臂之力！很快你就可以喊我总统先生了！"

大厦顶楼的这间略显空旷的办公室里此刻回荡着参议员歇斯底里的大叫声。一旁的亨廷顿爵士皱起了眉头，但很快，他的脸上就恢复了平静。

四十六

　　理查德参议员此刻就像一头野兽盯着猎物一般看着面前的俾乌长老，恶狠狠地说："如果你足够聪明的话，我希望你保持合作的态度，就像你之前和总统签署协议一样，和我建立一种新的关系！"停了一下，他用富有攻击性的语气继续高声叫道："如果你不答应的话，也没有关系，很快地球上的人类就将会因为你再也见不到那个美丽的月亮了！哈哈哈！"

　　俾乌长老盯着理查德参议员上下打量了一番，面无表情地说："你究竟想怎么样？"

　　"塞林人送我登上总统的宝座，作为回报我将替他们炸掉月球！"理查德参议员嚣张地看着俾乌长老，"你觉得这笔交易怎么样？"

　　"我代表组织希望大家都冷静一点！"亨廷顿爵士听到这里，忍不住站起身来摆着双手在一旁说道。

　　"够了！这里不需要什么冷静！"理查德参议员凶狠地瞪着亨廷顿爵士，"如果不是我的家族的贡献，那帮科学家早就饿死了！而你，如果不是我父亲的支持，你也不会爬到这么高的位置！别忘了，是我们财团资助你们成为具有超强执行力组织的！"

理查德参议员凶相毕露，亨廷顿爵士耸了耸肩，一副无可奈何的表情。

只见俾乌长老弯下腰，打开身边的小行李箱，取出一个黑色的盒子放到自己的膝盖上，平静地说道："参议员先生，请少安勿躁，你看一下，你想要的就是这个东西吧。"

还没等理查德参议员回答，亨廷顿爵士便抢着说："俾乌长老，正是这个东西，就是这个质能转换器八号！"他又对着理查德参议员说："我们现在可以冷静地谈一谈了。我想终究是可以有一个万全的解决办法的。"

"没有那么多的废话！"理查德参议员一边叫嚷，一边暗暗地将自己手指上的戒指转动了一下，亨廷顿爵士办公室的大门随即从外面被猛地踢开，两名身着黑衣、脸上罩着黑色墨镜的男子拎着枪闯了进来。

亨廷顿爵士气愤地大叫："这是怎么回事？这里没有我的许可，任何人都不可以进来！"

理查德参议员瞪着那双鹰隼般的眼睛，冲着亨廷顿爵士凶狠地说："爵士先生，我想，我们还是应当用最简单的方式去解决这个问题最好！"

"什么？"亨廷顿爵士的眼睛里闪过一丝畏惧。

"我们现在已经有塞林人了，所以，你就别管什么协议不协议的事情了！"理查德参议员盯着亨廷顿爵士不耐烦地说着，随即凶狠地转过头去，冲着俾乌长老恶狠狠地说："老家伙，你现在后悔还来得及！"他一使眼色，穿黑衣的墨镜男子便把他们手中的枪举起来对准了俾乌长老。

俾乌长老好像并没有什么反应，他慢悠悠地吸了一口雪茄，将雪茄在烟灰缸里轻轻地揿下，慢慢抬起头看着理查德参议员，一字一句地说："看来，我是没有选择了。"

俾乌长老起身对亨廷顿爵士浅浅鞠了一躬："既然这样，我也只能按照柯昂人的法则来处理了。"

话音未落，俾乌长老做了一个轻微的手势，只听见"砰"的一声巨响，俾乌长老连同他膝上的黑盒子在猛然升腾起的烟雾中被炸成了碎片，各种黏液和金属材料碎片在办公室里四处飞溅。

亨廷顿爵士向身后那宽大的后座倒了过去，而理查德参议员还没反应过来就被巨大的气浪掀翻在地，黑衣墨镜男子也顺势倒在了地上，现场一片狼藉。

过了一分钟，亨廷顿爵士惊魂未定地从书桌后爬了出来，头发如同一堆稻草似的乱糟糟地顶在额上，他环视着四周，大叫："保安！保安！"

保安很快就冲到了楼顶，随后赶到的特警队员则把整幢大楼全部封锁起来。理查德参议员狼狈地从地面上爬起来，他刚要破口大骂，却感到两个冷冰冰的枪管抵住了他的背脊。

"什么人！"他愤怒地回头一看，却惊恐地发现，抵住他后背的正是两个黑衣墨镜男子。其中一个人冷冰冰地说："理查德参议员，你被捕了。你有权保持沉默，但你所说的一切都将成为呈堂证供。现在，你可以把自己的律师请来。"

亨廷顿爵士愤怒地盯着理查德参议员说："参议员先生，没想到你竟然是这样的一个人！无论是组织还是政府都不会放过你的！"他颓然倒在座椅上，喃喃地说："因为一个愚蠢的家伙，使组织丧失了一个大好的谈判机会！"他抬起头来，冲着理查德参议员怒吼："你瞧你都干了些什么！我们什么也捞不到了！"

理查德参议员一下子失去了原来的那股狠劲，他瘫软在沙发上，把头深深地埋在了两只毛茸茸的手掌之间，忽然又抬头失声大喊："我要找我的律师！"

四十七

　　喧嚣的时代广场附近有一条狭窄的小街，小街酒吧里传出来的暴躁的乐曲此时正发出强烈的振荡波，纽约夜生活的歌舞声正在向着高潮的方向发展。混合着浓烈脂粉气的振荡波越过厚重的十九世纪的古旧大门，久久盘旋在这条小小的街道上。

　　此时，有一只闪亮的银色光球以一种人类无法捉摸的姿态，随着歌舞声在街道上空摇荡着。它上下翻飞，那模糊的轮廓还会按照乐曲节奏的变化而扭曲弯转。这团银色光球像是有智慧一般，它闪烁的银色光芒一会儿明亮，一会儿又陷于暗淡，像是在享受这样的声音振荡。音乐，是宇宙中所有生命的共鸣。

　　纽约的夜空被灯火照得如同白昼，这条小街愈显阴暗狭窄。一个衣衫褴褛的醉汉拎着一个酒瓶从路边晃了过来，他踉踉跄跄地仰头饮干了瓶中最后的那一口酒，随手把瓶子向远处用力一掷，小街传出几声"咣啷"的玻璃碎裂的响声。"喵"的一声，街边的垃圾桶里蹿出几只流浪猫，它们循着歌声或气味，向着小街幽暗的尽头跑了过去。

　　潮湿的空气里依然回荡着嘈杂的歌舞声，这个醉汉像是被自己刚才大胆的行为刺激到了，他神气活现地伴随着音乐声在这条狭窄的小街上扭动起自己的身躯。时代广场的激光照明一会儿把这个人的身影扭曲拉长，一会儿又完全熄灭让他的影子消失。小街此时有一种诡异的氛围。

刚刚还在享受音乐的那团银色光球，此时悄无声息地出现在这个醉汉的身后，就在这团如魅影般的光球绽放出耀眼光芒的一瞬间，本来脚步踉跄的醉汉忽然僵在了那里，随即像是换了一个人，步伐一下子齐整轻快了起来。他警惕地向四下看了看，朝着小街路口的方向急匆匆地走去。

在另一个街角的尽头，一个远离时代广场的小角落，一个身材窈窕的年轻女子出现在昏暗的路灯下。她时不时便抬起头四周看看，像是在等什么人。树枝杂乱的阴影笼罩住了她的面庞，但是，从她那挺拔的腰身可以看出，这个年轻女子正是尼娅。

一个衣衫不整的中年男人朝着尼娅的方向走了过去，他们相互对视了一下，随即交谈起来。很快，尼娅手中多出了一只手机般大小的扁平小匣子。

一道微弱的白色光线从中年男人的眼睛里透了出来，这道光线慢慢地将尼娅手中扁平的小匣子包裹住，不一会儿，白色的光线犹如融化的奶油一般，消失在扁平小匣子的周围，只剩下小匣子表面上红色的指示灯在不断闪烁。尼娅的眼神里泛出些许伤感，她迅速将扁平的小匣子塞入随身的背包，随后便匆匆转身离开了。夜色下，那个步伐坚实的中年男子又恢复了醉醺醺的状态，他背靠着街边高大的树干，犹如烂泥一般颓然滑倒。

伴随着高亢的歌舞声，人们恣意欢歌，尽情发泄，忽然间，好像所有的人都感到了一阵眩晕，但很快，疯狂的人们就从那种眩晕中清醒过来。

"宝贝！这太刺激了！我真的想再来一口！"在酒吧斑斓的灯光下，一个眼神迷离张牙舞爪的男人粗暴地调戏着一位女郎。这是一个物欲横流、喧嚣吵闹的世界。在泛着璀璨星光的帝国大厦皇冠顶部，一颗闪耀着银色光芒的物体朝着天空极速滑去。

纽约的生活是如此丰富多彩，有人在这里寻求刺激，有人在这里寻求金钱，有人在这里寻求权势，但也有人来到这里寻找他们未来的家园。

在大都会博物馆的台阶上，一对年轻的情侣正偎依着紧靠在一起。来纽约已经快半年了，他们还是没有找到满意的工作；作为新移民，这座都市似乎对他们并没有表现出太多的善意。分享了一个路边卖的廉价热狗以后，两个年轻人顿时觉得温暖了许多。

"亲爱的，我刚才看到了一颗流星，就许了个愿！"

"许的是什么愿呢？"

"我希望我们能够早点儿找到满意的工作，在中央公园边上买一幢大大的房子，生几个可爱的孩子。"

"可是，亲爱的，你刚才许的是三个愿望呀！"

女孩子深情地看了身边的男孩子一眼，把头埋到男孩子的肩膀上，笑骂道："你这个傻瓜！只要我们两个在一起就好啦！就许这一个愿啦！"

这两个幸福的人儿笼罩在一圈淡黄色光晕里。夜已深，夜生活慢慢走向尾声。就在这两个普通的地球人沉浸在幸福中时，一艘闪烁着银白色光芒的小型穿梭机正在迅速地接近月球同步轨道。

四十八

尼娅目不斜视，稳稳地坐在小型穿梭机的操纵台前，此时穿梭机正处于自动巡航状态。她的手上捧着一只小匣子，匣子上的红色指示灯此刻正在不断地跳动着，就如同心脏的节律一般。在这次短暂的旅途中，一个问题久久萦绕在尼娅的心中："什么是生，什么是死？"她皱紧的眉头下那双美丽的眼睛透出一点忧郁。

穿梭机已经进入月球的引力场范围，尼娅眼前是散落的环形山，星星点点，如同一簇簇麇集的蘑菇。辽阔而寂静的白色月面缓缓地向着尼娅扑面而来，她慢慢握紧了自己手上的小匣子，手心沁出了一丝汗水。

纽约已是晨曦微露，自由女神像高擎着的火炬开始慢慢熄灭，天际泛出深蓝色和暗红色的光影。光影交织，像是要急不可耐地把这座刚刚入梦的都市从沉睡中再次唤醒。

"大都市的生活就是战斗，不是吗？"在摩天大楼包围的狭窄街道上，电力公司维修组组长迪亚斯冲着新来的新同事莫里斯挥舞着手臂嚷道。看着莫里斯那憨憨的表情，迪亚斯感叹道："我那该死的老乡阿列汉德罗也不知道又跑到哪里偷懒去了！自从他的老婆离开了他，他就整日酗酒，再这样下去，他迟早会被老板给开了！"

迪亚斯说话时的表情有些滑稽，让身边的莫里斯咧嘴笑了起来，嘴里露出了一排雪白的牙齿，在昏暗的街道上显得很是显眼。

修理工们吃力地将手中的电缆向前方推过去。在他们的身后，是高不见顶的大厦闪耀出的灯火，此刻在渐渐发白的天空中依然还是那样璀璨夺目。可是，无论这些都市的景观如何亮丽，还是要依靠这些散发着卑微气息的人来安装维修。恰如他们所了解的那样，昨晚这里的那幢高楼的顶部发生了爆炸，将整幢大楼的输变电设备弄出了故障，于是他们出现在了这里。

电力维修还在紧张地进行，而在几个街区以外的一片住宅区域内，街上的路灯已经完全熄灭。树影婆娑中依稀可以看到，有些早起的人已经开始出门遛狗了。

一只巨大的金毛摆动着自己肥大的尾巴，在主人前面欢快地跳动着。它走到一棵高大的橡树边，熟练地将后腿抬起。忽然，这只金毛发出了惊奇的叫声，原来是一个人躺在了它的势力范围之内。主人飞快地将金毛拉开，他可不想惹什么麻烦，这些满地乱躺的流浪汉，还是敬而远之为好。金毛被主人牵着越走越远，它不甘心地冲着树下歪躺着的人叫嚷着，像是在抱怨它的地盘被入侵了。

"糟糕！"树下的阿列汉德罗突然打了个激灵，他强撑着背后的老橡树站了起来。"这个狗东西！"阿列汉德罗冲着狗叫的方向吐了一口口水，嘟囔着："看来又要迟到了。可我现在兜里连买一杯咖啡的钱也没有了！"这个中年男人沮丧地将手插入破旧上衣的口袋中，指望着摸出一两张纸币，打发一下今天的早餐。忽然，他的手指似乎触摸到一沓厚厚的东西，他疑惑地掏了出来，借着逐渐亮起的天光一看，竟然是一沓厚厚的美元！

"主啊！"阿列汉德罗目瞪口呆，人一下子瘫在了地面上，他手里捧着这一沓美元痛哭流涕。"耶稣啊！怎么会有这样的事情？主呀！请饶恕我所有的罪行吧！阿门！"他跪倒在高大的橡树下面，抹起了眼泪。

纽约的天大亮了。

与此同时，上海则渐渐地笼罩在夜幕之中。春玲，这个刚刚遭受了重大变故的女孩，此刻有些疲惫地从客厅的沙发上爬了起来。她失神地用双手支撑着自己的身体，感觉还有点头疼。所经历的一切似乎就像是做了一场梦。

"家明，你现在在哪里呢？"春玲脸上还有淡淡的泪痕，回来以后她连做梦都在想着家明。

春玲一边收拾着杂乱的房间，一边回想着刚刚过去的一天。当看到挂在墙上的时钟指向晚上九点，没有家明的声音，没有黑盒子，只有一声一声的钟响，她才终于接受，这一切都是真实的。家明在以后这几年，不会像以往那样悄悄地走到自己的身后抱住自己；门口的饭店老板也不会看见这两个欢快的年轻人有说有笑地走着；上学路上的孩子们也看不到那个有趣的叔叔。

初夏的晚风从窗帘一角徐徐吹进来,邻居们烧晚饭的菜香已经被淡淡的樟树散发的芬芳所替代。街上匆匆的行人都在往自己家里走去。"三年啊!"春玲想到这里,忍不住又哭了出来。她坐了下来,摸索着身边的纸巾,手忽然触碰到柯昂人给她的箱子。她打开箱子一看,里面是那个奇异的黑色金属盒子和一张银行卡。

春玲抱着黑盒子,手轻轻地抚摸着富有质感的表面,内心是矛盾的。她对这个黑盒子有种害怕与厌恶,正是这个东西带走了她的家明。但俾乌长老告诉过她,这个黑盒子本身没有错,错的是邪恶与欲望。对春玲来说,这个黑盒子不仅是未来让家明找到她的线索,也是她和柯昂人尼娅进行联系的信物。

"好歹,这个盒子也给我们带来过惊喜和快乐!三年很快就会过去!"想到这里,春玲搂紧了黑盒子,对自己说:"我一定要好好地等家明回来!"

年轻的女孩眼角挂着泪水,陷入了沉沉的梦境,一只神秘的黑色金属盒子放在她的枕头边上。

在这个女孩的梦境里,星光下五颜六色的鲜花开得是那样的灿烂,都市的雾霾被一扫而空,露出纯净透明的天空;一弯白色的新月挂在天际,散发着迷人的淡淡光辉。微风袭来,满城芬芳。

四十九

十年以后。

矗立在一片荒原上的田纳西州州立监狱戒备森严。在狭小的单身牢房里，一双鹰隼似的眼睛虽然失去了往日的神采，但是依然还透着不甘心的阴郁。天花板上的灯光忽明忽暗，供电线路因为暴雨遭到雷击出了点故障。

这个曾经不可一世的人抬起硕大的头颅，开始绝望地嚎叫。没有人能够听清楚他在嚎叫些什么，只是知道每当天气不好的时候，这个人总会显得异常狂暴。虽然因为家族的关系，他可以享受特殊的食宿待遇，但是，只要观察稍微仔细一点，就会发现他的脚上和手上都缠绕着结实的金属链条。

这是一个危险的犯人。

铁栅栏外一个年纪稍长的看守用戏谑的语气冲着这个单身牢房内的人说："尊敬的参议员阁下，你还是安静些吧！你的外星人朋友不会来接你了。"随即他转身看着身边另一个年纪稍轻的看守说："我觉得还是应该把他送到精神病院，而不该关在我们这里。"年纪稍轻的看守笑了笑："任何人在这里待久了，都会得精神病的。"

"你们说什么？！"牢房里传来一阵暴躁的呼声和带动着链条的金属撞击声，随即一个阴沉的声音传了出来："你们死定了！""你们这些愚蠢的人类，死到临头还在这里犯傻！如果不是我，你们早就被炸成一堆碎片了！"话音刚落，牢房里又传来一连串金属相互撞击的声音。"你们这些垃圾！迟早我会把你们从这个星球上抹掉！哈哈哈哈！"

这狰狞的笑声特别恐怖，让年纪稍轻的看守脸色都有些变了。他用有点儿颤抖的声音对年长的看守说："这个人真是个疯子！"

年长的看守笑着拍了拍年轻的看守说："你说得没错，这里就是一个精神病院！哈哈！"一阵干瘪的笑声回荡在这个空旷的监牢里，单身牢房内的金属撞击声愈加激烈了，犯人发出了绝望的怒吼。

两个看守厌恶地将电子屏蔽门关闭，隔断了那恐怖的挣扎声。他们长长地吁了一口气，随即起身离开了这间像是困住了野兽的牢笼。通过曲折幽暗的走廊，尽头是一间温暖而明亮的办公室，散发出浓郁香味的咖啡正在等着他们。

屋外依旧电闪雷鸣，荒原上的州立监狱犹如一个正在狂舞的巨人，在那一望无际黑暗的大地上，它的身影逐渐扭曲。

远在三十八万公里以外的月球上，此刻却又是另外一番景象。

从月球上望去，地球就像是半只硕大的蓝色月亮，它低低地挂在黑色的天幕上，晶莹剔透，显得煞是好看。如果说在地球上看到月亮让诗人们产生了无数的灵感,那么诗人们如果站在月球上看地球,他们会对着头顶的那蓝色星球写出更加动人的诗篇。

一个孤单的年轻人坐在第谷环形山陡峭而高峻的边缘,他怅然若失,默默地念叨着:"没有生命就没有创造,没有创造就没有欢乐,没有欢乐就没有痛苦,没有痛苦就没有生命。"在他的身后,是一架小型的穿梭机,在地球的映照下,发出银白色的光芒。

"洞中方一日,世上已千年;近乡情更怯,不敢问来人。"听到有人在念诗,他惊异地扭头四处张望,可除了黑暗的天幕下那个银光闪闪的小型穿梭机,周围什么也没有看到。

年轻人摇了摇头,站起身腾空而起。远处,那深深的沟壑像无数条皱纹一般向着看不见的空旷地带蔓延开来,一座座造型各异的金属堡垒星罗棋布。如果地球人能够亲眼看见眼前的这一切,谁敢说月球是一片荒芜的世界?这里是生机勃勃的世界,这个世界的主人来自遥远的银河系深处。

年轻人抬起头看着那深寂幽暗的夜空,眼前浮现出一个熟悉而温柔的笑靥,忍不住默默地自言自语:"我马上就要回去了。这么多年过去,如今她在哪里?我的家园又在哪里呢?"

一阵哨声响起,巨大的星际舰队从月球表面散落的金属堡垒周围悄无声息地缓缓升了起来,这是柯昂人返回母星的舰队。堡垒被一层雾状的气流包裹,这些乳白色的气流从遍布的环形山的山口中心处迅速地升腾起来,将立在第谷环形山峰缘上的年轻人淹没。很快，一颗闪耀的流星状物体向着地球方向腾空而起，他终于踏上了盼望已久的归程。很快，广阔的天际线出现在他的视线里，迎接他的，是初夏的上海，空气中弥漫着淡淡的樟树芳香的上海。

此时，在高铁站，一个男人拉着身边一个怯生生的女孩给孩子的妈妈送行。小女孩手上拎着一个小布熊，男人的脸上有种掩饰不住的失落。高铁疾驰西去，偌大的站台上此时空空荡荡，只剩下父女两个人。

"妈妈去哪儿了？"站台上传来了小女孩稚嫩的声音，她一边把玩手上的小布熊，一边问男人。

"哦！妈妈去办些事情，过两天就会回来的！"男人看了一下小女孩，蹲下身子，把小女孩抱了起来："走，我们回外婆家好不好！"

"好呀！"小女孩兴奋地喊着。

"摇啊摇，摇到外婆桥！"月台上传来小女孩稚嫩的歌声，煞是好听。

光阴荏苒，岁月如梭。

又不知过了多少年。人们曾经急匆匆的步伐如今都慢了下来，他们悠闲地在这个安静的都市中生活着。满眼都是盎然的绿意，连高楼的外部也爬满了绿植。整个都市像是隐没在一个绿色的森林当中，宽阔的道路上一辆汽车也没有，只有蝴蝶在花丛中飞舞，鸟儿在枝头上鸣叫。

今天天气特别好，在郊区一个私人小院子里，一位老太太正在侍弄自己养的花花草草。晴朗的天空此时把小花园里的月季衬托得格外娇艳。那白发苍苍的老人盯着眼前螺旋般的层层花瓣，渐变的绚丽粉彩让她的眼神慢慢变得很飘忽。

　　远处，一个装束奇特的年轻人踩着磁浮动力板朝着郊区的方向滑去，他的眼神显得有点儿焦虑，有点儿迟疑。

尾 声

"何总！何总！"朦朦胧胧中，家明的耳边传来了于兵的声音，只听见于兵那夹杂着喘气的声音继续道，"何总，你老婆刚才打电话给你，让你待会儿给她打个电话！"家明揉了揉惺忪的眼睛，有些恍惚地抬头一看，于兵正一脸不正经地凑近了面前，笑着看着自己。

家明有些疑惑地看了看周围，发现李琴正对着闪烁的电脑屏幕上传着数据，郑强围着3D打印的原型机忙碌着。他对眼前的这幕场景感到有些熟悉，又有些陌生。于兵看他表情不太对，便对他说："何总，我们看你太累了，中午从客户那里回来后就没有打扰你。"看到家明没有反应，于兵又说："我是刚刚接到你老婆电话的。"家明木然地点了点头，于兵觉得他的神情有些古怪，耸了耸肩走开了。

家明的眼神模糊了起来，脑袋里翻腾着各种离奇的画面。他努力做了几个深呼吸，才慢慢清醒了一些。抬头往墙上一瞧，挂钟此刻显示正好是下午两点半。"我睡了一个中午！"家明下意识地摸了摸办公桌，用脚踢了踢椅子腿，周围的一切都是那么的真实！

他脑袋里忽然一阵混乱，便急忙拿起手机，拨通了老家的电话。"谁呀？"电话那头传来了母亲的声音。家明一下子跌坐在椅子上，他迅速挂断了电话，陷入了沉思中。

"可是，我中午变小了，可是千真万确的呀！"想到这里，家明忍不住站起身，走到了3D打印原型机的舱内。舱内没有任何异样，堆料整齐地摆放在平台上。他又盯着舱壁仔细地看了一会儿，决定把盖板打开看个究竟。随着铆钉被一个一个拿掉，一整块盖板被拿下，一块黑色的独立模块映入他的眼帘。

家明倒吸了一口凉气。他看了看身后的同事们还在忙着各自的事情，便迅速将盖板合上，将一个个铆钉拴紧。家明已经难以分清，自己周围的一切究竟是梦幻还是真实。

"你存在，我深深的脑海里……"手机铃声响起，家明按下接听键，传来春玲懒洋洋的声音："喂？你怎么也不给我回个电话啊？到现在你也不祝我生日快乐么？"家明这才想起来，原来今天是春玲的生日！

电话里哄好了春玲，并约好了晚上一起吃饭，家明又坐回自己的办公桌前。他的心情在醒来后就没有再平静过。他冲着原型机舱内看去，心里有种空荡荡的感觉。发生在自己身上的一切都是那么真实，可是现实似乎又在告诉他，那么么是一个梦，要么是另一个空间的现实。神奇的世界啊！

"还是继续干活吧。"家明叹了口气，他透过窗户，望着远处那层层叠叠的高楼大厦，心想：我还是要努力加油，争取早日买上自己的房子。"下班了。晚风吹过上海的大街小巷,在拥挤的商业步行街道上,春玲拉着家明穿过熙熙攘攘的人群,昂首对他笑着说:"陈丽今天说,一定要让你给我买个大钻戒!这样才能压压你的威风!"

"那就买呗!"家明跟在春玲的身后,一边皱着眉头一边心不在焉地应着。面对人来人往的都市,他忽然有种难以名状的悲悯情绪。

春玲用力地掐了一下家明的胳膊,撒娇道:"不光买钻戒,我还要买个大房子呢!"她拉着家明的手,快速挤进了人群,向饭店走去。春玲一边走一边笑着说:"不如我们先美美地吃一顿!为了我们未来的大房子!"

看着面前这个心爱的女子,家明忽然间有万种思绪,他紧紧扣住春玲的手,看着她的脸,认真地说:"春玲,生日快乐!"春玲扭过头来娇媚地看了他一眼,两个人逐渐消失在人海之中。

生活还在继续。在巨大的都市里,无数的家明和春玲们继续在细密街道所编织的繁华网络上畅想着各自的未来。楼一幢比一幢高,路一条比一条宽,技术不断进步,人们愈发忙碌。拥挤的车流,蔓延的人潮,都将这座大都市衬托得分外迷人。魔都,永远充满了魔力,让人感到惬意,却又让人欲罢不能。

初夏的晚风吹在这些年轻的脸上,此时韶华绽放,青春正好。